TAKE
SHOBO

不遇な伯爵令嬢は雨の日に運命と出会い溺愛される

七福さゆり

Illustration
KRN

JN053672

蜜猫
MitsuNeko

contents

イラスト／KRN

不遇な伯爵令嬢は雨の日に運命と出会い溺愛される

プロローグ　世界で一番幸せな女の子

「ねえ、お母様、寝る前にご本を読んで？」

幼い頃、メロディは眠る前、母アメリーに絵本を読んでもらう時間が大好きだった。

「いいわよ。何の本がいい？」

「『世界で一番幸せな女の子』がいい！」

「ふふ、またその本？　メロディはその本が大好きね。いいわよ」

両親に愛されて生まれ、可愛がられた女の子が成長して、素敵な男性と出会って愛し合い、幸せになるお話――。

いつか自分も、この主人公のように幸せになるのが夢だった。

「こうして女の子は、世界一幸せになったのでした……おしまい。さあ、もう目を瞑《つぶ》って、おやすみしましょうね」

「ねえ、お母様、もう一回読んで？」

「駄目よ。一日一度だけってお約束でしょう？」

いつものようにおねだりをしていると、父が様子を見にくる。

「なんだ。メロディはまだ寝ていなかったのか？」

「お父様！」

「うちのお姫様は仕方のない子だなぁ」

父ダミアンは大きな手でメロディの小さな頭を撫《な》で、椅子を持ってきて愛する妻の隣に腰を下ろした。

「あなた、メロディを寝かしつけたら行くから、私たちの寝室で待っていて？」

「いや、私も付き合うよ。可愛いお姫様が夢の世界に行くまでの愛らしい顔を堪能しようじゃないか」

ダミアンはアメリーの肩を抱き寄せると、頬《ほお》にチュッとキスをする。暗くても、アメリーの顔が赤くなるのがわかった。

両親が仲良くしているのを見るのが大好きなメロディは、ふふっと笑って口元を綻ばせた。

「うふふ、ありがとう。メロディったら、この本が大好きでね。今読んだばかりなのに、もう一回読んでほしいって言うのよ」

「そうか、メロディはそんなにこの本が好きなのか」

「うん、大好き」

「じゃあ、次はお父様が読んであげようか？」

「本当？　お父様、大好きっ！」

「もう、あなたったら、メロディをまた甘やかして……」

「甘やかして当たり前だろう？　メロディは私とお前の大切な娘なのだからな」

温かくて優しい両親の元で、幸せに育って、素敵な男性と出会って、両親のように仲睦まじい夫婦になって、素晴らしい人生が待っているのだと疑わなかった。

大人になるのが楽しみだわ……。

「この世界のどこかに、ある一人の女の子がいました。女の子はお父さんとお母さんにたくさん愛情を注がれ、幸せに過ごしていました」

ダミアンが読む二度目の絵本の内容を聞きながら、メロディは幸せと希望で胸を満たして、眠りに落ちていった。


私も、世界で一番幸せな女の子――。

第一章　壊された宝物

「痛……っ」

水の入ったバケツを持ち上げようと取っ手を掴《つか》んだ瞬間、乾燥した指の第一関節の皮膚がビリッと裂けた。

ああ、また裂けちゃったわ……。

水仕事でガサガサになった手は、年中あかぎれだらけだ。

夏の間はまだましだけど、冬になると空気が乾燥するから酷《ひど》くなる。一度切れると、そこだけ皮膚が薄くなるからか何度も切れてしまうので辛い。

なんて酷い手なのだろうとため息がこぼれた。バケツに入った水に映る姿は、手と同じく酷い。

酷い姿……。

母と同じ色の銀色の髪は真っ黒に染めてゴワゴワで、父譲りの深い森のような緑色の目は今にも涙がこぼれそうだった。

　血色の悪い肌に、かさついた唇、満足に食事もとることができずにガリガリに痩せているメロディを見て、伯爵令嬢だと気付く者は誰もいないだろう。

「メロディ、何をモタモタしているの⁉　早くしてよ！　こんな調子じゃ、朝になっても終わらないわよ」

「あっ……は、はい……」

　使用人のエマに呼ばれたメロディは、慌ててバケツを持ち上げ、彼女の後ろを追いかける。

「ホールの床を全て磨いて。それから階段の手すりを拭いて、終わったら廊下の窓拭きね」

「わかりました」

　彼女の名前はメロディ、モリエール伯爵家の長女で、幼少期は幸せに過ごしていたが、今は使用人のように暮らしている。

　今から八年前――メロディが十歳の時に、母アメリーが亡くなった。
　長らく風邪を引いていて、部屋に行くと「感染《うつ》してしまうから抱きしめられなくてごめんね。治ったらたくさん抱きしめさせてね」と笑っていたが、翌日の朝には冷たくなっているのを侍女が発見した。

屋敷の中は悲しみに包まれ、誰もが立ち直れずにいた。幼くして母を亡くしたメロディを心配するのはもちろんのこと、妻を深く愛していたダミアンを誰もが心配した。

しかし、アメリーが亡くなってから一か月、冷え込みが厳しくたくさん雪が降ったある日、彼は綺麗《きれい》な女性と小さく愛らしい女の子を連れてきた。

キャラメル色の髪に青い瞳の美しい女性、小さな女の子の髪と瞳はダミアンと同じ金色の髪に、瞳は深い森のような色をしていた。

『今日からこの屋敷の女主人で、私の妻、そしてお前の新しい母となるイリスだ。そしてこの子はお前の妹のレリアだ。仲良くしなさい』

『メロディお姉様、初めまして。私、レリアです。お姉様とお会いできるのを楽しみにしておりました』

『おお、レリア、そんな立派な挨拶をいつ覚えたんだ？　偉いぞ』

『伯爵令嬢になるからって、一生懸命頑張ったのよね。レリア、本当に偉いわ』

驚くことにレリアはダミアンの実の娘で、メロディの二つ歳《とし》下だった。

その意味は、幼いメロディでも理解できる。

お父様はお母様を深く愛していると思っていたのに、陰では別の女の人を愛して、子供もいたなんて……。

混乱、怒り、悲しみ——色んな感情が湧き上がってきて、一番前に出てきたのは悲しみだった。

『……っ……』

『メロディお嬢様……！』

何も言えずに涙が次から次へと溢《あふ》れてとまらなくなったメロディを、乳母のマーサが強く抱きしめた。

——最初に解雇されたのは、マーサだった。

イリスは、アメリーが生前採用を決めた者、メロディと仲がいい者を次々に解雇して、結果、屋敷の使用人は、ほとんど入れ替わることになった。

後で使用人たちが噂話をしていたのを聞いてわかったこと——イリスは、ラビコー子爵家の次女で、ダミアンとは三年ほど前から密《ひそ》かに交際を始めたらしい。

ダミアンと付き合って間もなくレリアをお腹《なか》に宿したが、この国では王族以外妾《めかけ》を持つことは禁じられている。ダミアンは立場上認知するわけにもいかないからと、レリアは私生児となった。

イリスは未婚のまま出産したふしだらな娘、そしてレリアはふしだらな女が産んだ子だと、ラビコー子爵家では、肩身の狭い思いをして暮らしてきたそうだ。

イリスの憎しみはダミアンには向かず、メロディと亡くなったアメリーに全て向けられた。

『メロディ、わたくしはお前が大嫌いよ。お前の母親のせいで、わたくしとレリアは辛い思いをして暮らしてきたの。あの女も、お前も大嫌い。モリエール伯爵家の令嬢はレリアだけよ。お前は使用人として暮らしなさい』

メロディの部屋は日当たりのいい部屋から、埃《ほこり》っぽい物置小屋の片隅に追いやられることとなった。ダミアンはそのことに何も言う気配はない。

どうして私が酷いことをされているのに、お父様は何も言ってくれないの？

誕生日に買ってもらった大切なドレスや髪飾り、寝る前にアメリーが読んでくれたたくさんの本、部屋にあったものは全て没収された。そしてレリアが欲しいと言ったものは彼女に与えられて、他は庭に集められた。

『お願い！　それを返して！　大切なものなの！　お願い……！』

『早く処分して』

イリスに命令された使用人は、メロディの目の前でそれらに火を付けた。

『嫌！　燃やさないで！　それは私の大切な物なの……！　お願い、燃やさないで……！』

火が付いた思い出の品に手を伸ばそうとすると、使用人がメロディの手を掴んで止める。幼いメロディがその手から逃れられるわけもなく、目の前で宝物が燃えていくのをただただ見ていることしかできなかった。

『メロディお嬢様、危ないですよ！』

『離して！　燃えちゃう！　全部なくなっちゃうわ！　離して……っ！』

母が亡くなった今、母の思い出の残る物を一つだってなくしたくない。

『なんの騒ぎだ？』

『お父様、助けて！　私の大切な物が燃えちゃう……！　全部……全部……っ！』

庭はちょうどダミアンの書斎の下にあった。騒ぎに気が付いた父が窓を開けて覗《のぞ》くのを見て、
メロディは涙を流しながら懇願する。

するとダミアンは、メロディを一瞥《いちべつ》し、イリスに目線をやる。

――え……？

『あなた、うるさくしてごめんなさいね。でも、大丈夫だから、心配なさらないで』

『ああ、火の始末には気を付けなさい。くれぐれも火傷《やけど》には気を付けるんだぞ。その綺麗な肌が傷付いては大変だ』

『ええ、ありがとう。後でお茶をしましょうね』

ダミアンはそのままメロディに視線を移すことなく、窓を閉めた。

『そんな……お父様、お父様……っ！』

見て見ぬふりをされたことは、母がくれた大切な物が燃えてしまうのと同じくらい悲しかった。

ダミアンが知らないふりをしたのは、この時だけじゃない。その後もイリスに酷い扱いを受けるメロディを見つけても、我関せぬという態度を貫いた。

お前は私の大切な娘だと言ってあんなに愛してくれた父が、別人になってしまった。

どうして――……私が何か悪いことをした？　どうして助けてくれないの？

愛する父に見捨てられた悲しみと苦しみは、時間が経《た》つほどにメロディの心を苦しめた。

ダミアンに見捨てられ、イリスに憎まれているメロディの扱いは酷いものだった。

家族と一緒に食事をとること、同じものを食べることは禁止された。与えてもらえるのは、古くなった硬いパン一つのみ。

物置小屋の片隅でそれを毎日かじるのは、悲しくて、寂しくて、空《むな》しくて、ひもじくて、みじめで、メロディは毎日硬いパンを噛《か》み締《し》めながら、涙を流した。

そして母譲りの銀色の髪は、目障りだからと毎日黒く染めることを命じられた。それは母を裏切るような気がして、絶対に嫌だった。

しかし、従わずに反抗すると、毎日わずかにしか与えられない食事を没収された上に、身体を押さえつけられて強引に染められた。

絶対に屈服しないと思っていたのに、次第に心が疲弊して、メロディは自ら髪を染めるようになった。

お母様、ごめんなさい……。

心のどこかにヒビが入って、そこから少しずつ壊れていくような感じがした。

「痛っ」

バケツに浸した雑巾を絞ったことで切れた指に痛みが襲ってきて、メロディは真っ暗な現実に帰ってきた。

また、過去のことを思い出してしまった。何度考えたって、母が生きていた頃に戻れるわけじゃないのに。

馬鹿みたいね……。

心の中で苦笑しながら、階段の一番上の段から手すりを磨いていく。空腹で力が入らなくて、何度も雑巾を落としそうになる。

お腹が空いて、胃が痛いわ。

ずっと硬いパン一つだけ。

メロディを不憫《ふびん》に思ったキッチンの使用人がスープをわけてくれたことがあった。しかしすぐにイリスに知られ、解雇された。

それ以来、メロディに食事を分け与えてくれる人はいなくなったし、そんな機会があったとしても怖くて受け取れない。

メロディにスープをわけてくれた使用人のユーリは、たくさん弟妹がいて生活費を稼ぐためにこの屋敷に来たそうだ。

たくさんのお屋敷の面接を受けて、ようやく採用してもらえたと言っていた。あの後とても困ったはずだ。

自分がスープを受け取らなければ、解雇されずに済んだのに……と、メロディは今でもあの時のことを後悔している。

スープを受け取った翌日の早朝に屋敷を追い出されたそうだから、謝る機会も与えてもらえなかった。

いや、謝ることができたとしても、ずっと後悔と罪悪感に苛《さいな》まれていただろう。

「あ……」

一番下の段まで辿《たど》り着《つ》いたところで、とうとう雑巾を落としてしまった。

しゃがんで拾い、また立ち上がろうとすると目の前がクラリと真っ暗になって、全ての音が遠くなっていった。

「う……」

立《た》ち眩《くら》みだ。

無理に立ち上がって転んで頭を打ったことがあるから、その場にジッとすることに徹した。食事が足りていないからか、最近よく立ち眩みが起きる。

ようやく治まって立ち上がると、誰かが階段を下りてくるのに気が付いた。その姿を見て、心臓が嫌な音を立てる。

イリスだ――。

イリスはメロディと目が合った瞬間、眉間に深い皺《しわ》を作り、忌々しいと言った様子で唇を歪《ゆが》めた。

「お前、わたくしの前に姿を現すなと何度言えばわかるの⁉」

「……っ……イリス様、申し訳ございません」

ダミアンはイリスのことを「お義母様」と呼ぶようにと言った。しかし、イリスは虫唾《むしず》が走るから、使用人たちと同じように「奥様」または「イリス様」と呼ぶように命じたのだ。

メロディも「お義母様」だなんて絶対に呼びたくなかったし、この屋敷の女主人は母のアメリーだけだと思っているので、「イリス様」と呼んでいる。

イリスはメロディの顔を見るとアメリーを思い出して腹が立つからと、自分の視界に入らないようにメロディに命じていた。

うっかりしていたわ……。

「お前の顔を見ると気分が悪くなるのよ！　成長したらますますあの女に似て……ああ、忌々しい！　こんな汚らしいものまで置いて、どこまでわたくしの神経を逆撫《さかな》ですれば気が済むの！」

イリスは苛立った様子で、床に置いてあったバケツを蹴る。さっき磨いたばかりの床に、汚水が広がった。

「あっ」

メロディが思わず声を上げると、平手で頬を叩《たた》かれた。

「きゃ……っ！」

力が入らない身体はそれだけの衝撃で体勢が崩れて、床に尻餅をついてしまう。汚水の上じゃなかったのが、不幸中の幸いだ。

「何⁉　文句でもあるの⁉」

「い、いえ……申し訳ございません」

「ああ、せっかく人がいい気分で出かけようと思っていたところだったのに、お前のせいで台無しよ」

叩かれた頬、切れた手、尻餅をついた臀部《でんぶ》がジンジンして痛い。

目を合わせるとさらにイリスの怒りを煽《あお》るので、メロディは汚水が広がった床をぼんやりと見つめた。

「お母様、やめて！　お姉様が可哀相だわ」

そう言ってイリスの後ろから出てきたのは、妹のレリアだ。十六歳になった彼女は天使のように美しく成長していた。

「レリア……」

レリアは今にも泣きそうな顔で、メロディに手を差し伸ばす。

「お姉様、大丈夫？」

「え、ええ……大丈夫よ。一人で立てるわ」

メロディは、この手を取ってはいけないことを知っている。

「遠慮なさらないで。さあ」

レリアは強引にメロディの手を握ると、腰を支えて抱き起こす。

「レリアお嬢様、お優しいわ」

「見た目もお心も天使のようね」

その様子を見ていた使用人たちが小さな声で話すのが聞こえてきた。メロディの胸の中に黒い霧のようなものが広がっていく。モヤモヤして、息苦しい。

「……っ……ありが、とう」

「どういたしまして。あら、お姉様、手が荒れているわ。それに切れているところが……大丈夫？　痛いでしょう？」

「ええ、大丈夫よ」

「レリア、そんな汚い手を触っては病気になってしまうわ！　お前、レリアの優しさに付けこむなんて、お前は本当に図々しい女ね。母親の血かしら」

この辛い生活には慣れたけど、お母様の悪口を言われるのは慣れない。

義母はレリアの手を取り、レースのハンカチで彼女の手を拭った。

「お母様、お姉様の手は汚くなんてないわ。お願いだから、お姉様に酷いことをするのはやめて」

「レリア、あなたはなんて優しい子なのかしら。でも、汚いものは汚いのよ。来週はアラン公爵邸で開かれる舞踏会、再来週はバルリエ伯爵邸の夜会に参加するのだもの。身体は大切にしないとね。さあ、行きましょう」

「……はい、お母様……お姉様、ごめんなさい。行ってまいります」

申し訳なさそうな顔をしながら、レリアはイリスと共に出かけて行った。

ここランタナ国では、男女ともに十五歳で成人し、貴族は王城で行われるパーティーで社交界デビューを果たす。

メロディは一応この国に籍は残っているけれど、社交界デビューはしていない。病気で部屋から出られないということにされているのだ。

本当は健康なのに……でも、こんな私の姿を見たら、本当に病気だって思われてしまうかもしれないわね。

自嘲めいた笑いを浮かべ、メロディは使用人から「余計な仕事を増やすな」と怒られながら、汚水が広がった床を片付けた。

◆◇◆

「お姉様、ここにいらっしゃったのね」

ようやく仕事を終えた頃、使用人たちと掃除用具の片づけをしていると、帰ってきたレリアが専属侍女のサーラと共に可愛らしい小瓶を持ってやってきた。

過去の経験から嫌な予感がして、自然と身体が引《ひ》き攣《つ》る。

「レリア、どうしたの?」

「手が荒れていたから、街でハンドクリームを買ってきたの。傷にもいいそうよ。それにこの入れ物、とても可愛らしいでしょう？　飾るのにも素敵だと思って。はい、使ってみて」

見ていた使用人が、先ほどのようにレリアを褒めた。

「聞いた？　レリアお嬢様、なんてお優しいのかしら」

「あ、ありがとう。後で使わせてもらうわね」

ハンドクリームはずっと欲しかったけれど、レリアからこうして何かを受け取って、酷い目に遭ったことが何度もあるからもらうのは怖い。

でも、ここで断ったら、それはそれで、レリアに心酔している使用人たちから非難を受けるだろう。何か言われるならまだしも、仕事上で嫌がらせをされたら困る。

仕事上で大きな失敗をすると、罰として食事を与えてもらえない。ただでさえ少なくて常に空腹と戦っているメロディにとって、これはとても辛い罰だった。

「今すぐ使ってみて」

「え、ここで？」

「ええ、お姉様が使って、喜んでくださるところを見たいのよ。ね？　お願い」

レリアに押し切られ、蓋を開けて指先でクリームをすくって手の平に塗り込んだ。するとすぐ傷口は燃えるように痛み出し、他の場所はヒリヒリし始めた。

「きゃ……っ……痛……な、何……っ!?」

その場にいた全員がいきなり声をあげたメロディに気を取られ、レリアとサーラがニヤリと笑ったのに気付いたのは、メロディただ一人だけだった。

痛みに驚いて小瓶を落としてしまい、割れてガラスと中に入っていたクリームが床に飛び散る。

「お、お姉様……っ⁉」

「メロディ！　レリアお嬢様がせっかく買ってきてくださったのに、なんてことを……！」

「なんて人なの！　お嬢様はメロディ様に喜んでもらえるか一生懸命悩みながら、そのハンドクリームを購入したのよ！　ああ、お嬢様……なんてお可哀相なの」

「サ、サーラ、いいのよ……私のことは気にしないで」

あまりの痛みに、レリアや周りの声を聞いている余裕なんてなかった。メロディは手洗い場まで走り、必死にハンドクリームを洗い流す。

長い間洗い流しても痛みは落ち着かなくて、最終的に真っ赤に腫れ上がってしまった。

ハンドクリームじゃなかったのかしら……。

手の痛みを訴えた時のレリアの表情、そして今までの経験から、あれはただのハンドクリームじゃないのだろう。

少し落ち着いてきたので、洗い流すのをやめて落とした小瓶とクリームを片付けようと戻ったら、もう他の使用人によって片付けられていて跡形もなくなっていた。

代わりに待っていたのは、現場を見ていた使用人と、彼女たちから話を聞いた使用人たちの叱責だった。

「あんた、レリアお嬢様のせっかくのご慈悲になんてことを……！　レリアお嬢様に嫉妬してるんでしょ!?」

「あんたは旦那様に捨てられたんだから、もう伯爵令嬢じゃないのよ！　レリアお嬢様に嫉妬するなんて厚かましいわ！」

肩を強く押され、また尻餅をついてしまう。

「違います！　わざと割ったんじゃなくて、ハンドクリームを付けた途端、手がとても痛くなって……」

「はあ？　そんなことあるわけないでしょ！　ああ、レリアお嬢様、本当にお可哀相……」

「レリアお嬢様は心を痛めて泣いていたのよ！　お部屋にいらっしゃるから、今から行くわよ！　ちゃんと謝りなさいよ!?　いいわね!?」

『はい』と言うことしか許されず、メロディは使用人たちに連れられて、レリアの部屋を訪れた。

この部屋には、来たくなかったわ……。

レリアの部屋は、昔のメロディの部屋だ。この部屋に足を踏み入れるのは、部屋を取り上げられたあの日以来のことで、複雑な気分になる。

「レリアお嬢様、メロディを連れてきました。さあ、メロディ！　レリアお嬢様に謝りなさい！」

「メロディお姉様……」

レリアはビクビクした様子でメロディを見る。その目にはうっすら涙が浮かんでいた。その様子を見た使用人たちはますます怒りだし、メロディを叱責した。

「メロディ！　ほら、見なさい。レリアお嬢様は、こんなに傷ついて……ああ、なんてお可哀《かわい》想《そう》なの」

「レリアお嬢様、もう泣かないでください。悪いのはメロディで、レリアお嬢様は何も悪くないのですから」

「ううん、私が悪いの……」

「そんなことございません！　悪いのは全部メロディです！　ほら、メロディ、謝りなさいよ！」

背中を強く叩かれ、一瞬息ができなくなる。

「……っ……レリア、さっきはごめんなさい。わざとじゃないの。付けた瞬間痛くて、驚いて

「……」

謝罪の言葉を口にすると、腫れ上がった手と心がひりつく。

「ううん、いいの。きっと肌に合わなかったのね……私の方こそごめんなさい」

「ううん……」

先ほどの痛みは、肌に合わないという域を超えていた。でも、自分の手があまりにも痛んでいて、過敏になっていたのかもしれないと心の中で自分を納得させる。

「みんなも騒いでごめんなさい。お姉様と話したいことがあるから、二人にしてくれる？」

「ですが、メロディがまたレリアお嬢様に何かしたら……」

「大丈夫よ、心配しないで。メロディお姉様がそんなことするわけないじゃない」

「……心配です。レリアお嬢様」

「じゃあ、サーラに残ってもらうわ。それでいいでしょう？」

「ええ、それなら……サーラ、頼んだわよ。メロディ、レリアお嬢様に何かしたら承知しないからね！」

使用人たちはメロディをキッと睨《にら》み付け、何度も振り返りながら部屋を出て行く。レリアとサーラと三人になったメロディの背中には、冷や汗が流れていた。

「お姉様、手を見せて？」

素直に手を見せると、レリアが声を上げて笑い出した。

「ふふ、真っ赤になってる。まさか、こんなに効果があるなんて思わなかったわ。あはっ！　もう、傑作！　笑いを堪えるのに大変だったわ。涙まで出ちゃったもの。ね、サーラ」

「ええ、本当に」

「レリア、あなた、まさかさっきのハンドクリームって……」

レリアは目尻に滲《にじ》んだ涙を指で拭い、桃色の唇をつり上げた。

「ええ、ハンドクリームに、街で見つけた香辛料をたっぷり混ぜておいたの。店員は世界一辛い香辛料だから、素手で触れないようにって言っていたけど、こんなことになるなんて本当だったのね。ああ、傑作」

そう言って笑う姿は恐ろしい魔女のようで、先ほどと同一人物には思えない。

メロディにとってこの屋敷で最も厄介だったのは、義母のイリスではなく妹のレリアだった。イリスはどこであろうとメロディにきつく当たる。しかしレリアは、人前だとメロディに優しく接しているが、二人きりになると酷いものだった。

それだけならまだしも、今日のようにメロディを悪者に見えるように仕向けるのが好きで、今までも何度も嫌な目に遭わされている。

やっぱり、普通のハンドクリームじゃなかったのね……。

「ねえ、痛かった？　どれくらい痛かった？」

クスクス笑いながら尋ねられても、腹は立たなかった。何度もこんなことがありすぎて、怒っても無駄だとわかっていたからだ。

「かなり……」

「そうなの？　ふふっ！　あはっ！　あははっ！」

レリアは笑いが止まらない様子で、拭ったばかりの目尻にはまた涙が浮かんでいた。

どうしてそんなに面白いのかしら……。

母親違いの姉妹――仲良くなれないのは仕方がないかもしれないけれど、人を痛めつけたり、貶《おとし》めたりすることの何が楽しいのだろう。

ああ、手が痛い。それにお腹が空いて、足に力が入らないわ。

レリアが楽しそうに笑う光景をぼんやり無表情で見つめていると、目が合った。すると彼女の顔から笑みが消え、苛立った様子で睨《にら》まれた。

「何？　その顔、何か言いたいことがあるなら、言ったらどう？」

「……」

黙っていると、サーラに肩を押された。

「あ……っ」

「お嬢様が質問しているでしょう？　答えなさいよ」

サーラはモリエール伯爵家に来る以前からレリアの専属侍女だった者だ。彼女を実の娘のように可愛がり、メロディへの嫌がらせにも喜んで協力するので厄介だった。

「……っ……いいえ、何もないわ」

喧嘩《けんか》する気力も体力もない。それに何か言ったって弱い立場のメロディは勝ち目なんてない。今以上に酷い目に遭うだけだ。

「そうよね。あんたは私に何か物を言える立場じゃないものね」

レリアはメロディの側に寄ると、彼女の姿を見て鼻で笑った。

「汚い髪に、醜い顔！　あんたが伯爵令嬢なんて言っても、だぁれも信じないでしょうね。あんたはこの家で一生惨めで汚い姿で終わるのよ」

一生、このまま――。

胸が苦しくなって、息が詰まる。

メロディの表情が変わったのを、レリアは見逃さなかった。また楽しそうに笑うと、彼女はメロディの足をギュッと踏みつけた。

「あっ……！」

「可哀想なお姉様、うふ、あははっ！　私だったら、そんなみじめな人生、耐えられなぁい！　あははっ！」

満足したレリアからようやく解放されたメロディは、使用人たちに彼女に許してもらえたことを報告し、キッチンに寄っていつものように硬いパンを貰って物置部屋に帰ってきた。

「はあ……」

パンを齧《かじ》りながら思うのは、レリアに言われたこと。

この家で一生惨めなまま終わる……。

わかってはいたけれど、考えないようにしていたことだった。考えると絶望が襲ってきて、叫びだしたくなる。

一生ってどれくらいかしら。人は何年生きるの？　おじいさまは八十歳まで生きたって聞いたわ。

長すぎてゾッとする。

「……っ」

自分の身体が丈夫なことが憎い。弱ければこんな生活をしていたら、あっという間に病気になって死ねていたはずなのにと思ってしまう。

……なんて、お母様が聞いたら、悲しんでしまうわね。

そうだ。こういう時は、あれを読もう。

最後の一口を頰張《ほおば》り、グラスに入った水を一気に飲み干したメロディは、床板を外して、ある物を取り出した。

それは、メロディが大切にしていた絵本『世界で一番幸せな女の子』だった。

メロディの持ち物はすべて没収されたけれど、これだけは乳母のマーサが隠していてくれて、屋敷を出て行く前に渡してくれたのだ。

没収されないように床板を外し、その下に隠し続けている。この本はメロディの心の支えだった。

「お母様……」

絵本をギュッと抱くと、ささくれだった心が落ち着いていく。

先のことを考えるのはやめよう。考えたって辛くなるだけだ。今日一日を無事に過ごすことだけを考えよう。

ああ、疲れたわ……。

もう、目を開けていられない。

メロディは絵本を抱きしめたまま眠りに落ちた。

◆◇◆

翌日、仕事中に自室でもある物置部屋の前を通ると、扉が半分開いていることに気が付いた。

どうしたのかしら。

ここには普段使わない物がしまわれているから、誰かが入る用事なんてないはずなのに……。

不審に感じて覗いて見ると、そこに居たのは予想外の人物だった。

「レリア、サーラ、そこで何をしているの？」

「！」

振り返ったレリアが持っていたのは、メロディが大事にしている絵本だった。

見つかった……！

心臓が嫌な音を立てて、脈打ち始める。

どうして見つかったの⁉　床板がずれていた？　私、ちゃんと確認した？　ああ、覚えていないわ。

でも、見つかってしまった。終わりだ。

「やだ、お姉様、急に声をかけないでよ。驚くじゃない」

「そ、それ……」

「ああ、これ？　サーラが見つけたの。お姉様が絵本を抱いて眠っていたってね」

抱いたまま眠ってしまったのは、昨日だけだ。深く眠っていたから、誰かが入ってきたのに全く気が付かなかった。

「そんなものを持っているなんて、おかしいと思ったのよ。お姉様の持ち物はお母様が全部没収したはずだもの。でも、まさかこんな床下に隠し持っていたなんてね。床板がずれていたからすぐわかったわ。ね、サーラ」

「はい、お嬢様」

二人は真っ青になるメロディを楽しそうに笑って見ていた。

「……っ……お願い、その絵本を返して……なんでもするから……！」

声が震えて、変な汗が流れる。

真っ青になるメロディの顔を見て、レリアは柔らかな微笑《ほほえ》みを浮かべた。

「本当になんでもしてくれるの？」

「ええ、だから……」

するとレリアはニヤリと唇の端を吊《つ》り上《あ》げ、絵本を破いた。

「あ……っ！　や、やめて！　レリア、お願い……っ……やめて……！」

「だって、私、お姉様にしてほしいことなんて、なぁんにもないもの。だってお姉様にできることってなぁに？　使用人以下の立場のお姉様ができることってなぁに？」

大切な絵本をビリビリ破かれ、メロディはレリアに手を伸ばした。

「……っ……これ以上、私から大切なものを取り上げないで……！」

「お嬢様に触らないで！　汚らわしい！」

足を蹴られ、メロディはその場に倒れた。

「う……」

痛みで起き上がれずにいると、破られた絵本のページが上から降ってくる。

「やめて……っ……レリア……！」

「はい、これが最後」

レリアは最後のページを破くと、メロディの上に降らせた。

「あぁ……」

目の前が涙で歪む。

涙を流し、震える手で絵本の残骸を集めるメロディを見て、レリアとサーラは声を上げて笑った。

「あーあ、全部破れちゃったわね。こんな汚い絵本を大切にしていたの？　お姉様らしいわ。

何が『世界で一番幸せな女の子』よ。もしかして、夢を見てしまっているの？　あんたなんかが幸せになれるわけないじゃない！　あはっ！　馬鹿みたい」

朝、ちゃんと確認していたら……ううん、昨日抱いたまま寝たのがいけないんだわ。お母様との思い出の本、どんなに泣いたって元には戻らない。

「ふふ、大人なのに絵本のことで泣くなんて、お姉様ったら子供みたい」

「ただの絵本じゃないわ……！　これはお母様との思い出の絵本なのよ。私にはこれしかないの……」

「お母様との思い出なんて、これから作っていけばいいじゃない」

「えっ⁉」

「あっ！　ごめんなさい。お姉様のお母様は、もう死んじゃったんだったわ。私ったら、自分のお母様が生きているものだから、その感覚で言ってしまったわ。うふふ、ごめんなさいね？」

レリアはニタニタ笑いながら、床に座り込んで見上げるメロディを見下ろす。怒りと悲しみで、身体の震えが止まらない。

「……っ」

「お嬢様、そろそろお時間です」

「えっ！　もう、そんな時間？　私、もう行かなくちゃ。お母様とお出かけの時間なの。街で買い物をする予定よ。お母様ったら、私と出かけたがって大変なのよねー……なんて、贅沢《ぜいたく》な話よね。生きているからこその悩みだもの。じゃあね、お姉様」

レリアが去って、足の痛みが治まった後も、心の支えを壊されたメロディはその場を動けずにいた。

早く行かなくちゃ。これから庭の掃除をして、それから階段の手すりを拭いて、床を磨いて、それから、それから……。

「…………」

早く行かないと……。

——行きたくない。この屋敷に居たくない。

◆◇◆

メロディは部屋のカーテンをちぎって絵本を包み、それを持って皆の目を盗んで屋敷を抜け出した。

屋敷に居たくないからと飛び出して街に来たものの、メロディに行く当てなんてなかった。

イリスとレリアが街に出かけると言っていたから、鉢合わせになるんじゃないかと気が気じゃない。

人目を避けて結構な距離を歩いたせいで足がかなり痛む。終《しま》いには雨まで降ってきた。このままだと髪の染め粉が落ちてしまう。

どこか雨宿りできる場所はないかしら。あ、そうだわ。教会なら雨宿りさせてもらえるかもしれないわ。

といっても、ほとんど街に来たことがないメロディは、教会の場所を知らない。

探しているうちに雨はどんどん強くなり、髪から黒い滴が垂れる。黒い服でよかった。その他の色の服なら確実に悲惨なことになっていた。

少し先に十字架の付いた高い建物を見つけた。

あれだわ！

「キューンキューン……」

その時、小さな犬の声が聞こえた。

「えっ？」

犬？　どこ？

するとと道路にできた穴の中に、子犬が落ちて鳴いていた。

白い毛は泥で汚れてうっすら茶色くなっている。人間なら問題なく上り下りできるが、子犬にはまず無理な深さの穴だ。

「ここにいたのね。もう、大丈夫よ」

メロディは片手に絵本を持ち、空いている方の手で子犬を抱き上げた。近くに母犬の姿を探すが、それらしい姿はない。

「あなた、お母さんは？」

思わず問いかけたけれど、子犬が答えるはずもない。その身体は冷たくなっていて、小刻みに震えていた。

「雨で冷えちゃったのね。あなたも一緒に雨宿りしに行きましょう」

教会の扉を開くと、中には誰も居なかった。

「失礼します……雨が止《や》むまでの間、お邪魔させてください」

それでも何も言わずに入らせてもらうのは気が引けたので、小さな声で断りを入れる。教会の中は外より温かかった。

子犬を下ろすと、プルプルと身体を震わせて毛に付いていた水を弾《はじ》き飛《と》ばす。

「わ……ぷっ！　びっくりしたわ」

「ワンッ！」

子犬は尻尾を振り、くりくりした目でメロディを見つめる。

『メロディ、犬を撫でる時は、いきなり頭を撫でては駄目よ。怖がってしまうの。最初に鼻に指を近づけて、匂いを嗅がせてから頭を撫でるといいわ』

母アメリーの言葉を思い出し、指の匂いを嗅がせてから頭を撫でた。子犬は気持ちよさそうに目を細め、メロディに身を任せた。

「ふふ、可愛い」

昔から犬が好きだった。

小さい頃に何度も犬と暮らしたいとおねだりしたが、犬は屋敷を汚すからという父ダミアンの反対で迎えられなかった。

けれどアメリーが亡くなる少し前にダミアンが折れ、家族揃《そろ》ってブリーダー業を営んでいる家に新しい家族になってくれる子を探しに行ったのだった。

どの子にするか決めて、母離れをする頃に迎えに行くということになっていたが、その後すぐにアメリーが亡くなり、当然その話は流れたのだ。

そういえば、この子みたいに白い子だったわ。あの子は今頃どうしているかしら。どこかの家で幸せに暮らしているのかしら。

思い出したら、涙がこぼれた。

いけない。今日は泣いてばかりね。

教会の壁には、飾りとして鏡が埋め込まれていた。メロディの髪は染め粉がほとんど取れて、毛先からはポタポタ黒い滴が落ちている。

「あっ……このままだと床を汚しちゃう。ちょっと待っていて」

メロディは子犬を残して教会の外へ出た。

「えーっと……あ、あったわ」

近くに水道を発見し、「お借りします」と小さく声をかけ、寒さを我慢して頭から水をかぶって染め粉を全部落とし、教会の中に戻った。

「お待たせ」

メロディが戻ると、子犬がキュンキュン鳴いて尻尾を振りながら迎えてくれた。

「ふふ、寂しかった？　よしよし」

抱き上げると、濡《ぬ》れた服越しにぬくもりが伝わってくる。

なんて愛《いと》おしいのかしら……。

子犬を抱いたまま椅子に座ったメロディは、その小さな身体を撫でてやる。

さっきより温かくなったみたい。よかったわ。子犬は弱くて、ちょっとのことでも死んでしまうって聞いたから。

でも、これからどうしたらいいだろう。一緒に居ることはできない。誰か貰ってくれる人を探さなくては……。

「優しい人が貰ってくれるといいけれど……」

するとその時、教会の扉が開いた。

教会の関係者？

席を立つと、そこに立っていたのは黒いフードを目深に被った高身長の人間だった。

体格からして男性だということ、そして教会関係者なら白い衣服を身につけているはずなので、彼はそうではないとわかる。

「勝手に入ってすまない。少し雨宿りをさせてもらえないだろうか」

フードを脱ぐと、短く整えられた金色の髪が覗いた。

金色の髪の下には凛々しい眉と、よく晴れた空のような青い目、高い鼻梁《びりょう》に、形のいい唇が完璧な位置にあり、この世の人間とは思えない美貌だった。

なんて美しいのかしら……。

「あ……ごめんなさい。私も教会の関係者ではなくて……」

するといかれは、メロディを見て大きく見開いた。

え、何？　あまりに見窄《みすぼ》らしい姿で驚いているのかしら。それとも教会関係者でもないのに教会に居ることに呆《あき》れて？

「……っ……キミ、俺を見て何か思うことはないか？」

「えっ？　とても美しい方だと思いますが……」

「いや、そういうことじゃなく……」

「？」

どういうことだろう。見た目の感想以外何も思い浮かばない。

「……なんでもない。俺も一緒に雨宿りさせてもらっていいか？」

「はい、もちろんです」

たくさん椅子がある中、彼はメロディの隣を選んで腰を下ろした。屋敷にも男性はいるが、接する機会はほとんどないので、なんだか緊張してしまう。

男性の視線を感じる。きっと子犬を見ているのだろう。人懐っこくて、メロディに抱かれながら尻尾を振っている。自分を見ていないとはわかっていても、ますます身体が強張《こわば》ってしまう。

「その手、どうしたんだ？」

「えっ！　あっ……」

　子犬を見る時、視界に入ったに違いない。

　香辛料入りのハンドクリームを塗った手は、一日経っても爛《ただ》れも痛みもほとんど治らず、酷い見た目だった。

　こんな汚い手を見られてしまっただなんて恥ずかしい。でも、子犬を抱いているから引っ込められない。

「お見苦しいものをすみません……なんでもないんです」

「医師には診せたのか？　こんなに赤くなっている」

「いえ、でも大したことないので、お気になさらないでください。心配してくださってありがとうございます」

　本当はすごく痛い。でも、医師に診てもらうことなんてできるはずがない。高熱を出した時も、仕事をさせられていた。

「……………そうか」

「はい」

　袖を引っ張って、手の甲を隠す。

「それにしても、急に降り出したな」

「え、ええ、驚きました。あっという間に強くなりましたね」

「ワフッ！」

相づちを打つように子犬が鳴くので、二人は笑ってしまう。

「ふふ、お前もそう思うか？」

男性は鼻先に指を近付けて匂いを嗅がせてから、小さな頭をそっと撫でた。子犬も安心しているようで、目を閉じている。

「もしかして、犬と一緒に暮らしているんですか？」

「わかるか？」

「はい、慣れていらっしゃるようなので」

近くで見ると、あまりに美しくて緊張してしまう。

「ああ、可愛いのが一匹いる。もう大分歳だけどな。この子の名前は？」

「あ……ないんです。ここに来る前、穴に落ちているのを見つけて」

「そうだったのか」

「はい、家には連れて帰れないので、この子を迎えてくれる家を探さないといけないんです」

「そうか。じゃあ、俺が貰おうか」

「えっ！　いいんですか？」

「ああ、家は広いし、面倒を見る人間もたくさんいるし、問題ない。それに家にいる犬も喜びそうだ。一生不自由なく幸せにすると約束しよう」

広い家、使用人もいる……ということは、貴族か実業家なのだろう。

「ありがとうございます。よかったわね」

そう話しかけても、子犬は何もわかっていない様子だ。

「名前が必要だな。せっかくだし、キミが付けてくれるか？」

「えっ！　わ、私ですか？」

「ああ、その方がこいつも嬉《うれ》しいだろう。ちなみに性別は……」

男性は子犬をヒョイッと抱き上げ、性別を確認する。

「付いてない。雌《めす》だな」

「女の子……」

この子に付ける名前……一生使うものだもの。いい名前を付けてあげなくちゃ。でも、どんな名前がいいかしら。

「……と、その前にキミの名前を聞いてもいいか？」

「あ、はい、私は……メロディです」

家名を口にするのは、イリスとレリアとダミアンと家族だと認めているような気がして抵抗があり、言いたくなかった。

「メロディ……想像していたより、ずっと愛らしい名だ」

「え？」

「あ、いや、なんでもない。俺はその……エクトルだ」

彼はなぜか期待したような視線を向けてくる。

「エクトル様、素敵なお名前ですね」

「…………ああ、ありがとう」

褒めたのに、なぜかがっかりしている様子だった。

どうしてかしら。私、自分でも気付かないうちに、失礼なことをしている？

ちゃんとした教育は母が生きていた頃までで、それ以降はずっと屋敷で仕事ばかりしてきたから礼儀がなっていないのだろうかと不安になってしまう。

「では、メロディ、名前を付けてくれ」

「は、はい、わかりました。えっと……」

何がいいかしら……。

ふと、隣に置いておいた絵本を包んだカーテンに目が行く。

あ……そうだわ。

「ルイーズ……はどうでしょうか」

「ルイーズ、いい名だな。よし、今日からお前はルイーズだ」

付けたばかりの名前を呼んでも、ルイーズは当然きょとんとしている。

「よかった。私の大好きな絵本の『世界で一番幸せな女の子』というに出てくる主人公の名前なんです」

「へえ、どんな話なんだ？」

「一人の女の子が幸せに育ち、素敵な男性の元に嫁いで結婚して幸せになる。そんなお話です。この子にはあの絵本のように幸せな生涯を送ってほしいので」

「そうか。俺は読んだことがないな。有名な話なのか？」

「私も詳しくは知らなくて……でも、とても大好きな絵本なんです」

小さい頃は話が好きだった。でも、母が亡くなってからは母の思い出があるという意味でも好きになった。

新しい絵本を買い直すのでは意味がない。この絵本でなくては意味がない。あんなにビリビリに破かれて、壊されて……。

悲しみが波のように襲いかかってきて、メロディは絵本の残骸が入ったカーテンをギュッと抱きしめ、涙をこぼした。

「どうしたんだ⁉　なぜ泣く？」

「ごめんなさい……」

　初対面の人間がいきなり泣き出したら、誰だって困ってしまう。

　早く泣《な》き止《や》まなくてはと思うのに、一度溢れた涙はなかなか止められなかった。

「謝ることはない。何か悩んでいるなら、話してくれないか？　話すことで心が楽になるかもしれないし、俺が力になれるかもしれない」

「エクトル様……」

　なんてお優しい方なの……。

　母が死んでからというもの、泣くとレリアには面白がられ、イリスには目障りだと折檻《せっかん》され、父には疎ましそうな顔で見られ、使用人たちには泣く暇があるのなら、仕事を増やしてやると意地悪された。

　エクトルの優しさが温かくて、嬉しくて、メロディの目からはますます涙が溢れた。

「私、十歳の時に大好きだった母を亡くして……」

　もう、心の中には抱えきれない。メロディはずっと一人きりで抱えてきた思いをエクトルに吐露した。

「それでこの絵本を破られて、飛び出してきてしまったんです」

「……まさか、そんな目に遭わされていたなんて」

エクトルは片手でルイーズを抱き、もう一方の手で拳を作る。かなり力が入っているようで、血管が浮き出ていた。

赤の他人のために、こんな怒ってくださるなんて……エクトル様は、本当にお優しい方だわ。

血の繋《つな》がった実の父親に見捨てられ、傷付いたメロディは、こんなに優しい人がこの世にいることに衝撃を受けた。

胸の中が温かい。こんな感覚は、いつぶりだろう。

「よく、ここまで頑張ってきたな」

「……っ……いえ、頑張っただなんて、そんな……」

「謙遜しなくていい。キミのように頑張れる人はそういない」

そっと笑いかけられると、心臓がドキドキ脈打って、顔が熱くなる。

どうして、こんなに胸が苦しくなるのかしら。

「今まで家出しようとしたことはないのか？」

「いえ、あります。実は屋敷を飛び出すのは、これで二度目なんです。修道院にお世話になろうと思って、記憶喪失になったふりをして、身元を隠して……」

「そうだったのか。でも、屋敷に戻ったということは、連れ戻されたのか？」

「はい……妹が迎えにきました。心配した。どうしてこんなことするの？　って泣きながら……修道院の人たちは、身元がわかってよかったと喜んでくれましたが、帰った後は折檻されて辛かったです」

修道院での暮らしはそれなりに大変だったが、モリエール伯爵邸での生活より遥《はる》かに楽だった。そこで暮らせたらどんなによかっただろう。

どこに逃げても、捜されて連れ戻される。メロディの居場所は、あの恐ろしい屋敷の中でしかなかった。

メロディが飛び出したことは、もう屋敷に知れ渡っているはずだ。帰ったら酷い目に遭わされるに違いない。

恐怖のあまり、涙が溢れる。

戻るのが怖い――。

「なんてことだ。もっと早く見つけられていたら……」

エクトルが口を開いた瞬間、大きな雷が鳴って窓から閃光《せんこう》が入り込んだ。

「きゃんっ！」

雷の音に驚いたルイーズが鳴いて、エクトルの声は完全にかき消された。

「驚いた……近くに落ちたのかもしれませんね」

「ああ、そうだな」

「ごめんなさい。仰《おっしゃ》っていた言葉が聞き取れなくて……」

「気にしなくていい。辛い思いをさせたが、もう大丈夫だ。俺が……」

「え……？」

　エクトルが深い森のような色の瞳から溢れた涙を拭おうと、メロディの目の下に触れたその時──彼の胸元がカッと光った。

「きゃ……っ⁉」

　何……⁉

「これは……！」

　上着の前を開けると、胸元を飾っていたブローチが光っていた。雷よりも強い光──まるで太陽のようだ。眩《まぶ》しすぎて、直視できない。

「…………ブローチもメロディを選んだのか。俺と同様に見る目のあるブローチだ。さすが国宝」

　驚いたルイーズが激しく鳴いて、先ほどと同じく聞き取ることができなかった。

　しばらくすると光が治まり、ただのブローチになった。大きな赤いルビーの周りをダイヤがぐるりと囲んである豪華なものだ。

「い、今のは一体……」

ルイーズが鳴きやみ、雨音がより強くなっている音に気付いた。

「雨、ますます酷くなってきたな。これ以上酷くならないうちに帰宅した方がよさそうだ。馬車を用意するから、少し待っていてくれるか？」

「え？　あっ」

エクトルはルイーズをメロディに預け、雨の降る外へ走って出て行った。

待っていてくれということは、送って行ってくれる……ということかしら。

「あ、駄目……」

先ほど聞いてもらったことは、全て家名を伏せていた。家まで送ってもらうことになれば、モリエール伯爵邸で起きた話だと知られてしまう。

それは駄目だわ。

モリエール伯爵邸の名誉を守る気はさらさらない。でも、内情を誰かに話したことが知られたら……ううん、疑われただけでも、今以上に酷い目に遭わされるに違いない。

恐ろしくて、身震いしてしまう。

「……っ……ルイーズ、ごめんね。私、もう行かなくちゃ。エクトル様がすぐに戻ってくるから、ここで待っていてね」

床に下ろすと、ルイーズが不安そうにメロディを見つめる。

「きゅぅ……」

「ごめんね。幸せになってね」

メロディは絵本の残骸を包んだカーテンを抱え、屋敷までの道を走った。

◆◇◆

どうせ酷い目に遭うことは確定しているけれど、被害は最小限にしたい。地毛の色が怒りの引き金になりそうなので、黒く染めて着替えてからみんなの前に出ようと思っていた。

飛び出した時と同様に裏口からそっと入ったところ、運が悪いことにちょうど外に出ようとしていた使用人と鉢合わせになり、メロディはそのままの姿で捕まることになった。

「奥様、メロディが戻ってきました！」

もうすでにイリスとレリアは帰宅していて、メロディはホールの床に座らされた。

最悪だわ……。

イリスはメロディをいびる時、玄関ホールで行うことを好んでいた。

密室に入ると限られた使用人たちしか立ち会うことができないが、ホールだとよりたくさんの使用人たちに見せることができる。

　こうしてたくさんの人間に自分がいびられているのを見せつけることで、メロディの心をさらに傷付け、自尊心を低くすることが目的だった。もちろん、来客がないことをしっかり確認しての上だ。

　ちなみにメロディが何か失敗したのを見つけた使用人は、イリスに報告すると銀貨五枚を与えられることになっているので、使用人たちは重箱の隅を突くように彼女の失敗を探して報告した。

　ずる賢い者だと、メロディが口答えを許されないことをいいことに、やってもいない失敗をでっちあげて金を稼いでいた。

「メロディ！　お前、仕事をさぼって遊びに出かけるなんていい度胸ね！」

　イリスは使用人たちに命令してバケツに水を持ってこさせ、メロディの顔めがけて中の水をかけさせた。

「……っ」

　汲《く》みたての冷たい水は、雨に濡れてただでさえ冷たくなっていたメロディの身体を容赦なく冷やす。

「お母様、やめて！　お姉様が可哀相……」

そう言って自身の口元を押さえるレリアは、笑いが堪えきれないようで肩が揺れていた。メロディ以外には、泣いているようにしか見えないようだ。「泣かないでください」と慰められている。

「レリア、下がっていなさい。優しいあなたには耐えられない光景でしょう？　サーラ、レリアを部屋に連れて行って」

「お嬢様、行きましょう」

「いいえ、下がりません。お母様がやめてくださるまで、私は説得を続けます！　お母様、いくらお姉様が悪いことをしたとしても、これはあんまりです」

その言葉を聞いたメロディ以外の人間は、「なんてお優しいのかしら」「天使の生まれ変わりに違いないわ」と口にする。

この場にいる誰もが、メロディが家を出た原因がレリアにあるとは思わないし、言ったところで信じないだろう。

「駄目よ。しっかりと罰を与えないと……メロディ、その髪は何？　染めろと言ったでしょう！　わたくしへの当てつけのつもり⁉」

「違います……これは、雨で落ちてしまって……」

「言い訳するなといつも言っているでしょう！」

「あっ……」

胸倉を掴まれ、平手で叩かれそうになったその時——玄関扉が勢いよく開いた。

「奥様！　大変です！」

飛び込んできたのは、外門の見張り番だった。

「何事？」

「失礼」

門番を押しのけて入ってきたのは、教会で会ったエクトルだった。

エクトル様!?　どうしてここに!?

第二章　激変する生活

「なっ……エクトル王子⁉」

イリスは慌てた様子でメロディの胸倉から手を離し、ドレスの裾を抓《つま》んで挨拶をした。レリアもにっこり微笑み、同じように挨拶する。

エクトル……王子？　え？　嘘《うそ》、エクトル様は、王子だったの？

そういえば、母が亡くなる前に、習ったことがある。エクトル・モルヴァン、ランタナ国の第一王子で、王位第一継承者だ。

全然気付かなかったわ。私、王子様に話を聞いてもらっていたなんて……。

メロディは真っ青になり、彼から目線を逸《そ》らすために俯《うつむ》いた。

「見苦しいところをお見せして申し訳ございません。使用人が悪さをしたもので、叱っていたところですの。お前たち、連れて行きなさい」

「その必要はない」

「えっ……ですが……」

イリスが狼狽《うろた》えていると、使用人にエクトルの来訪を聞いたダミアンが慌てて階段をかけおりてきた。

「こ、これは、これは、エクトル王子……！　ようこそいらっしゃいまし……なんだこれは！　エクトル王子に失礼だろう！」

ダミアンはホールの惨状を見て、階段の最後の段を踏み外しそうになるほど狼狽《ろうばい》した。

「このままでいいと言ったのは私だ」

「申し訳ございません……それでエクトル様、本日はどのようなご用件で……」

「モリエール伯爵、あなたの娘を私の妻に迎えたいのだが、許しをいただけるか？」

――え……!?　レリアがエクトル様の妻に？

エクトルはてっきり自分を訪ねて来てくれたのかと思ったが、そんなはずがなかった。最初からレリアに求婚するために来たに違いない。

そうよね。家名も教えていないのだから、私に会いに来てくださるわけがないのよ。

恥ずかしい勘違いをしてしまい、冷たかった顔が一気に熱くなる。一方レリアはときめきで瞳を潤ませ、赤くなった頬を両手で包み込んでいた。

「まあ！　レリアとエクトル王子が結婚だなんて！　あなたっ！　今日はなんて素晴らしい日

なのかしら！」

「ははっ！　イリス、落ち着きなさい。喜んでいるのは私も同じだが、エクトル王子の御前だ」

「エクトル王子、申し訳ございません。わたくしったら、嬉しくて……レリア、よかったわね。ずっとエクトル王子に憧れていたものね」

「やだ、お母様ったら、言わないでっ！　本当のことだけど、恥ずかしいわ」

「うふふ、よかったわね」

「レリアお嬢様、おめでとうございます！　なんて素敵なのでしょう」

「サーラ、嫁いでも一緒に付いてきてね？」

「はい、もちろんです！」

メロディは俯いたまま、床をぼんやり眺める。

バケツで水をかけられた時、絵本を包んだカーテンも濡れてしまった。雨も被ったし、中はきっと酷いことになっているに違いない。

自分がとても惨めに感じて、そう思う自分も嫌で、涙が出そうになる。

泣いては駄目……。

いつか遠くない未来、名家の男性がレリアに求婚することは確実だった。でも、まさか、相手がエクトルだとは思わなかった。

どうして私、胸が苦しいの？

「いや、違う」

「え？　違う？」

エクトルは目を丸くしたダミアンとイリスとレリアとサーラを通り越し、メロディの前に跪《ひざまず》いた。

「え……？」

思わず俯いていた顔を上げるとエクトルと目が合う。彼はにっこりと微笑むとメロディを抱き起こした。

「エクトル……王子？」

「さっきぶりだな。メロディ」

エクトルはメロディの手をそっと取り、口付けを落とす。

「……っ⁉」

血の気の引いていたメロディの顔が、一気に赤くなった。

「な……っ！　エクトル王子⁉　これは、一体……」

「私が妻に迎えたいのは、レリア嬢ではなく、メロディ嬢だ」

え……？　嘘、今、なんて……？

驚いて何も言えずに瞬《まばた》きを何度もするばかりのメロディの肩に、エクトルは自身の上着を脱いで羽織らせる。

エクトルのぬくもりが移った上着は、凍えていたメロディの身体を温めた。

「な……っ……なぜ、メロディなんかを⁉」

ダミアンは落ちそうなほど目を見開き、大声を上げた。

「なんか？　将来の王妃に向かって、随分な口の利きようだな？」

鋭い目つきで睨まれ、ダミアンの顔が引きつる。

イリスとレリアは現実を受け入れられないようで、目を見開いていたまま固まっていた。さすが親子と言うだけあって、その表情は瓜二《うりふた》つだ。

「も、申し訳ございません。しかし、メロディは身体が弱く、とても尊い位を頂ける子ではございません」

「それは知っている。では、なぜメロディ嬢は使用人の格好をして、ずぶ濡れでこんな所に座っていたのだ？」

「そ、それは……っ……」

ダミアンが何も言えずにいると、エクトルが大きなため息を吐いた。

「貴族なら王家に伝わるこのブローチを知っているだろう？」

エクトルは胸元を飾っていたブローチを外し、手の平に載せて見せる。先ほど光を放った不思議なブローチだ。

「え、ええ、もちろん存じ上げております。代々王族に伝わるブローチで、運命の伴侶となる方に触れた時に眩《まばゆ》く光ると言われている国宝で、貴族なら誰もが習うお話でございます」

え、光る？　嘘、じゃあ、さっきのって……。

十歳までしか貴族令嬢としての教育を受けていないメロディは、初めて聞く話だった。

「先ほどメロディに会った時にブローチが光った。彼女は選ばれし女性だ」

そんな魔法みたいなブローチがあるなんて……しかもそれが自分に反応しただなんて信じられない。

「信じられませんわ！」

固まっていたイリスが声を上げた。

「何が信じられない？　そなたは私の発言が嘘だと言いたいのか？」

「イリス！」

ダミアンに強い口調で名を呼ばれ、イリスは自身の口元を押さえる。

「と、とんでもございません！　ですが、わたくしの娘のレリアはメロディよりも美しく、優しく、素晴らしい娘です！」

「イリス、よさないか！」

ダミアンに止められても、イリスはやめなかった。必死な形相で、こめかみには血管が浮いている。

「優しい？」

エクトルに尋ねられ、イリスは「はい！」と自信に満ちた返事をした。すると彼は、馬鹿にしたように鼻で笑う。

「実の姉を使用人と同じ格好をさせ、床に座らせていることを容認している者が優しい？　笑わせてくれる」

「……っ……エクトル王子、違います！　お姉様が何を仰ったのかは存じ上げませんが、誤解です！」

レリアは神に祈るように両手を組み、涙を浮かべて訴えた。

「エクトル王子、レリアお嬢様の仰ることは本当です！　幼い頃からお傍に居たこのサーラが保証致します！」

自分の前に跪いたサーラを見て、エクトルがじろりと睨みつける。

「誰に物を言っている。使用人に発言を許した覚えはない。不敬罪にされたいのか？」

「……っ……も、申し訳ございません……！」

「メロディからは何も聞いていない。だが、伯爵家の令嬢がこんなにも痩せた姿で使用人と同じ格好をさせられ、床に座らせられているのだ。どんな扱いをされているかは大体想像がつく」

　どんな扱いをされているかは教会で話した。エクトルはメロディが悪く思われないように、庇《かば》ってくれているのだ。

　なんてお優しい方……。

「わ、私はお姉様の扱いを改善してほしいと、何度もお願いしてきました。でも、思ったようにはならなくて……」

　レリアは自分は悪くない。メロディの味方だと訴え、イリスも娘を庇った。

「そうです！　この子はとても優しい子です。悪いのはわたくしですわ！」

「そなたは、娘のレリア嬢を愛しているのだな？」

　エクトルは慈愛に満ちた目で、イリスに尋ねる。

「当たり前ですわ。愛する人との間にできた、お腹を痛めて産んだたった一人の娘ですもの。愛しております」

「そうか。それでは、何でも言うことを聞いてやりたいぐらいに可愛いのだろう」

「ええ、もちろんです！」

「ならば姉であるメロディへの待遇改善を訴えたレリア嬢の願いを聞かないと言うことは、レリア嬢の本心の願いではなかったからじゃないか？」

「「な……っ」」

イリスとレリアは、言葉を詰まらせた。

「モリエール伯爵、それで許可を貰えるのか？　それとも認めないのか？　私は気が長いほうじゃない。早く返事をくれ」

鋭い目付きで睨まれたダミアンは、肩をビクッと震わせ、勢いよく首を左右に振った。

「み、認めないなんて、とんでもございません！　我が娘を妻に迎えてくださるなんて光栄です！」

父の口から「娘」と言われると、吐き気が込み上げてくる。

長い間娘扱いなんてしてくれなかったくせに、こんな時だけ……！

「大切な人をこんなところには置いておけない。彼女は王城に連れて行く。もうここには戻さないのでそのつもりで。いいな？」

「は、はい、エクトル王子のご随意に」

「メロディ、行こう」

「えっ！　あっ……」

エクトルはダミアンに向けた目からは想像できないぐらいの優しい目をメロディに向け、彼女を横抱きにし、モリエール伯爵邸を後にした。

扉を閉めた瞬間、イリスが癇癪《かんしゃく》を起こしたのか何かが割れる音が聞こえた。

◆◇◆

王城に連れて行かれたメロディは、すぐにバスルームに案内された。

十分に温まった後に髪と身体を綺麗に洗ってもらい、素晴らしいドレスに着替えさせてもらった。ドレスを着るのは子供の頃以来なので、なんだか緊張してしまう。

戸惑っているメロディが案内された部屋には、温かなたくさんの食事が用意されていて、見た瞬間に胃がキュゥッと鳴った。

とてもお腹が空いていたのに、胃が小さくなっていて三分の一食べるのがやっとだ。

「せっかく作ってくださったのに、すみません」

入浴から食事の配膳まで面倒を見てくれた侍女のファニーに謝ると、彼女はにっこり微笑んだ。

ブルネットの髪に青い瞳が美しい美女だ。メロディより一つ、いや、二つは年上だろうか。春の陽だまりのように穏やかな雰囲気があって、会話をしているとホッとする。

「とんでもございません。どうかお気になさらないでください。長らく少量のお食事しか取っていないと伺っております。急に通常の量を……とはいかないと思いますので、これから少しずつ召し上がれる量を増やしていきましょうね」

「はい、ありがとうございます」

これから――私、本当にずっとここに居られるの？　あの家に帰らなくていいの？

「メロディ様、敬語は不要ですわ。私はメロディ様にお仕えする者ですから」

あ、いつもの癖で……。

「はい……じゃなくて、ええ、わかったわ。ファニー、ありがとう」

「とんでもございません。この後は医師が来ますので、診察を受けてくださいね」

「え？　お医者様？」

「はい、エクトル様がお呼びになりました。お身体が冷えてしまいましたし、栄養状態も心配なので。それから、お手も……」

「あ……」

汚い手が恥ずかしくて、メロディは咄嗟《とっさ》に手を後ろに隠した。

「申し訳ございません。お気を悪くなさいましたか？」

「い、いいえ、私こそごめんなさい。汚いから恥ずかしくて……」

「汚くなどございませんわ。大変な思いをされましたね。きっとお医者様が治してくださいます」

入浴時に事情を聞かれ、ファニーには本当のことを話した。

彼女は目を真っ赤にし、途中で耐えきれずに「酷い……」と言って涙を流していた。

十歳からずっと悪意に囲まれていたメロディは驚き、涙を拭って「今までは辛かったでしょうが、これからは幸せになれます」と真っ直《まっす》ぐにメロディを見つめる彼女を見て、胸の中が温かくなるのを感じた。

「ええ、ありがとう……」

医師に診てもらったメロディは、窓際に並べてある濡れた絵本の残骸をぼんやり眺めていた。

ファニーに入浴させてもらっている間、他の使用人たちが、乾かした方がいいだろうと並べてくれたそうだ。

ここの方たちは、優しい方たちばかりだわ。エクトル様が素晴らしい人だから、素敵な方たちが集まるのね。

絵本は元に戻せないけれど、乾かして手元に置いておくつもりだ。

手は時間がかかるが元通りになるし、冷えたことで今のところ問題はないけれど、これからはできるだけ冷やさないようにすること。

そして栄養失調になっているので栄養のあるものを食べるように、一気にたくさん食べられないのは仕方がないからこまめに食事をとるように言われた。

温かいお湯で入浴させてもらったのも、美味《おい》しいと思える食事をお腹いっぱいに食べられたのも子供の頃ぶりだ。

夢みたい……。

時計を見ると、二十一時になっていた。

いつもならまだ働いている時間だ。

朝から働いている使用人はとっくに仕事を終えている時間だが、その際にメロディに雑用を押しつけていくので、彼女だけ夜の勤務の使用人とともに働いていた。

なので、何もしていないと、このままでいいのかとソワソワしてしまう。

部屋の中をぐるりと回る。

「素敵なお部屋……」

ここはメロディの自室として、自由に使っていいと言われた。さっきまで物置部屋の一角が部屋だった彼女にとっては、贅沢な気がしてならない。

この部屋は昔のメロディの部屋よりうんと広い。でも、雰囲気が似ていた。

メロディが過ごしやすいようにと母が一生懸命考えて作ってくれた部屋で、レリアのものになってからは全て彼女の好みに変えたので、今はもう記憶の中にしかない。

この部屋、とても落ち着くわ。

エクトルは、今頃何をしているだろう。次に話せるのはいつだろう。

彼のことを考えると、落ち着いた気持ちが浮き上がるのを感じる。

王城へ向かう馬車の中で何か話せばよかったのに、一日中歩きまわっていた上に色々あって限界を迎えたのか、メロディは眠ってしまい、城に着くまで目を覚まさなかったのだ。

部屋の中を見て回っていると、扉をノックされた。また、ファニーが来たのだろうか。

「はい？」

返事をして扉に近付くと、開けたのはエクトルだった。

「メロディ、入っていいか？　……いや、入っているのに聞くのはおかしいか」

「エクトル様！」

エクトルの顔を見た瞬間、顔が熱くなる。

ど、どうしよう。私、すごく意識してしまっているわ。

エクトルはメロディを上から下まで眺めると、また下から上へ進み、さらに上から下へ視線を落とす。

え？　何？　私、どこか変かしら。

瘦せこけた貧相な身体には、ドレスが似合わないのかもしれない。

「あ、あの……」

「あ……あまりにも綺麗だから、つい見惚《みと》れてしまった」

「えっ」

さらに顔が熱くなって、メロディはエクトルを直視することができなくなってしまう。

「ドレスが素敵なので……」

「既製品ですまないな。メロディの体調が落ち着いたら仕立て屋を呼ぶから、たくさん作ってもらおう」

「あ、いえ、たくさんだなんて」

でも、王子の妻になるのだから、たくさん持っていないといけないのだろうか。

「好きなデザインのドレスを作ってほしいが、もしよければ俺の好みでも選んでいいだろうか？　メロディに似合うものを選びたいんだ」

「えっ！　え、ええ、もちろんです。嬉しいです」

「そうか、楽しみだ。来るのが遅くなってすまなかったな。不安だっただろう？」

「とんでもございません。あの、色々ありがとうございました」

「こちらこそ、付いてきてくれてありがとう。……というより、キミの意思を聞かずに連れ去ったのだが」

「いいえ、そんな！　あの、嬉しかったです。連れ去ってくださって、本当にありがとうございます」

「そうか、よかった。……立ち話も何だし、ソファに座ろうか」

「あっ！　私、気が利かずにごめんなさい」

「そんなことは気にしなくていい」

エクトルは自然にメロディの手を取ってソファまで歩くと、彼女を先に座らせて、その手を握ったまま自身は座らずに床に片足を突いて跪いた。

「えっ！　エクトル様？」

「まだ、ちゃんと言えていなかったからな」

「な、何がですか？」

エクトルの頬が、ほんのり赤くなるのがわかった。

え、何？　エクトル様は、どうなさったの？

「キミも見ていたと思うけど、モリエール伯爵……キミの父上には許可を貰った。貰えなくても、攫《さら》うつもりだったが」

ただれた傷だらけの手に、エクトルはちゅっと口付けを落とした。

「……っ⁉」

「メロディ嬢、私の妻になってください」

よく晴れた空のような青い目が、真っ直ぐにメロディを見つめた。心臓が大きく跳ね上がり、思わずドレスの上から左胸をギュッと強く押さえた。

口を開いたら心臓が飛び出そうな気がして、唇を結んだまま何も言えずにいると、エクトルがソワソワし出す。

「メロディ、い、嫌か？　だが、嫌と言われても、絶対帰したくない」

「あ……っ！　ごめんなさい！　嬉しくて放心してしまって。嫌なんてとんでもないです！ドキドキしてしまって……あの、私でよければ、どうかよろしくお願いします……」

ブローチはどうして自分のような人間を、素晴らしいエクトルの妻に選んだのだろうと疑問に思いながらも、感謝の気持ちでいっぱいだ。

一生あの屋敷で辛い思いをして生きていくと思っていたのに、抜け出せるだなんて思わなかった。

「よかった」

エクトルはホッと胸を撫でおろし、メロディの隣に座った。

心臓が高鳴っているからだろうか。なんだか身体が熱くなってきた……というか、お腹の奥が疼《うず》き始めた。

何？　こんな感覚、初めてだわ。

「……っ……あの、エクトル様はどうして今日は街にいらっしゃったんですか？」

「ああ、視察だ。自分の目で街を見ないと気付けないこともあるから、月に一度は行くようにしている」

「そうだったのですね」

「メロディが街に出たのは、さっきが初めてだったんだよな？」

「はい、母が亡くなってからは初めてです。私は病気で部屋から出られない話になっていましたから。街に出て誰かに素性が知られるとまずいと、外出は禁止されていましたので」

「雨が降らないと、あの教会で出会うこともなかっただろうな。すごく低い可能性の中、俺たちは出会えたんだ。すごいな」

「本当に……！」

あの時、屋敷を飛び出してよかった。

「そうだ。婚約指輪と結婚指輪を贈りたいから、指のサイズを測らせてくれるか？」

「あ、は、はい」

指輪……自分には縁がないと思っていたのに。

再び手を出した時、自分の手があまりに醜いことを思い出し、恥ずかしくて出せなくなってしまう。

「……っ」

こんな手に口付けしてくださったなんて……。

「どうした？」

「す、すみません。手が汚いので、恥ずかしくて……」

「汚くなんてない。あの屋敷で一人戦い続けた立派な証《あかし》だ」

メロディが引っ込めていた手を取ったエクトルは、傷を覆うようにそっと握った。

「あ、でも、痛いか？　すまない」

「いえ、お医者様から貰った薬を塗っていただいたので大丈夫です」

「そうか、医師から時間はかかるけど、ちゃんと治ると聞いている。それから身体のことも」

「はい、ありがとうございます」

エクトルはポケットからリボンとはさみを取り出し、左手の薬指に巻き付け、一周したところでパチンと切った。

「これでいい」

触れている間も、胸元を飾っているエクトルのブローチは光っていない。そういえば、初めて触れられた時だけだった。

「ブローチ、もう光らないいんですか？」

「ああ、光るのは、初めて触れた時だけだ」

「そうなんですね。あ、でも、そうじゃないと、困りますよね。触れるたびに光っていたら、眩しくて」

会話をしながらも、メロディの身体は疼いたままで落ち着かない。

私、どうしてしまったのかしら。

「ふふ、そうだな。……そのことについて、実は、メロディに謝らないといけないことがある」

「なんでしょうか？」

「ブローチが光った証拠として、左胸のどこかに薔薇《ばら》の形の印が刻まれているはずだ。それは一生消すことができない。女性の大事な身体に、無断でそんな印を刻むことになってしまって申し訳ない」

「胸にはそんな印ありませんでした」

「い、いいえ、それは大丈夫なんですが、さっき入浴した時に自分の身体を見ましたが、胸にはそんな印ありませんでした」

「やはり気になるよな」

「胸のどこかに？　え？」


「えっ！　そんなことはないはずだが……」

「でも、身体にそんな印が付いていたら、気が付きます」

ブローチが光ったのは、間違い？　もしそうだったら、どうしよう。

本当にそんな印はなかった。ファニーに洗ってもらうのが恥ずかしくて、俯いて胸元を見ていたから確実だ。

またあの屋敷に戻る恐怖とエクトルと会えなくなる悲しみで、胸がいっぱいになる。

「見せてくれるか？」

「え？」

「確認したい。そんな話は聞いたことがないが、俺が知らなかっただけで、もしかしたらブローチの持ち主しか見えない印なのかもしれないからな」

それはドレスを脱いで、見せるということで……。

顔が燃え上がりそうなほど熱くなり、メロディは何も言えずに瞬きを繰り返す。

でも、間違いじゃないという確信が欲しい。

「わ、わかりました。お願いします」

でも、突然誰かが入ってきたら……と思うと落ち着かない。ふと、ベッドに目が行った。ベッドはとても広いし、カーテンが付いている。

そうだわ！

「あの、ベッドに行ってもいいでしょうか？」

「えっ⁉」

エクトルがあからさまに反応するのがわかって、メロディはいけないことを言ってしまったのだろうかと狼狽する。

「誰かが入ってきたら恥ずかしいので、カーテンを閉められたら安心だと思いまして……駄目でしょうか？」

「あ、い、いや、駄目なんかじゃない。そうだな。カーテンを閉められた方が安心だ。行こうか」

「はい、お願いします」

ベッドに移動し、カーテンをかけた。

心臓が破裂しそうなぐらい脈打っていて、呼吸が少し乱れてしまう。エクトルに聞こえていないか心配だ。

「……じゃ、あ……脱ぎますね」

「あ、ああ、頼む」

メロディの頬も赤かったが、エクトルの頬や耳も負けないぐらい赤くなっていた。

「あ、あの、脱ぎ終わるまで、目を瞑っていただいてもいいですか？　見られていると、緊張してしまいそうで……」

「……っ……わかった」

エクトルが目を瞑ったのを確認し、メロディはボタンに手をかける。緊張して手が震える中、一つ、二つとボタンを外していくと、胸の深い谷間が露《あら》わになった。

長年パン一つしか与えられない食生活でガリガリなのに、胸だけはよく育った。母も大きかったので遺伝なのだろう。

イリスとレリア、そして使用人たちからも、胸ばかり大きくなって変だ。胸が大きい下品な女だと散々言われて、自分の胸が嫌いだった。

お腹までボタンを外して袖から腕を抜いて、上半身はコルセットだけを身に着けた姿になる。

背中の紐《ひも》を解くが、緩めることが上手《うま》くいかない。

「エクトル様、背中の紐を緩めて頂けないでしょうか。自分だと上手くできなくて……」

「わ、わかった」

エクトルが目を開くと共に、後ろを向いた。

「ああ、これは自分だと難しいな」

「は、はい……」

「じゃあ、解くぞ」

紐を解く長い指が、時折背中に当たる。その感触を妙に意識してしまい、なぜか身体の奥がますます疼き出す。

どうしてかしら。足の間がムズムズして、押さえたくなってしまうわ……。

最後まで紐を緩められ、胸とお腹への締め付けがなくなる。

「解き終わった」

「あ……っ……ありがとうございます」

コルセットを脱ぐと、豊かな胸がぷるりとこぼれた。胸を確認してもらわないといけないのに、両手で隠したい衝動に駆られる。

恐る恐る左胸を確認するけど、やっぱり印ははい。

エクトル様には見えるのかしら。……見えてほしい。

「か、確認をお願いします……」

意を決して、くるりと振り返った。

「……っ⁉　大き……っ」

「えっ？」

「いやっ！　な、なんでもない」

エクトルは顔を真っ赤にし、大きな手で口元を押さえる。

大きいって仰った……わよね？

今まで言われた胸のことを思い出し、悲しくなる。きっと、エクトルにも変だと思われているのだろう。

「ごめんなさい……変な胸で」

黙っていられなくなり、自ら自分の胸を貶《けな》す言葉を吐いた。するとエクトルは目を大きく見開き、首を左右に振る。

「変なんてとんでもない！　とても素晴らしい胸だ」

気を遣って言ってくれているのかと思いきや、エクトルの表情は真面目そのものだった。

「本当……ですか？　でも、ずっと周りに変だとか、下品とか言われていて……」

「なんて幼稚なんだ……メロディ、キミの胸はちっとも変じゃない。本当に素晴らしい。目が離せないぐらいだ」

予想外の反応に驚いて、メロディは言葉が出てこない。

「キミの周りの人間がそんなことを言っていたのは、キミに嫉妬しているからだ。それから、性格が悪くて、キミに悲しい思いをさせたかったからじゃないか？　全く気にすることないし、自信を持ってほしい」

「は……はい」

「それにこれからメロディは俺の妻になって、王子妃となるんだ。メロディに悲しい思いをさせた人間は、メロディの下の身分になるんだ。メロディを傷付けようと発した言葉は、侮辱罪と不敬罪として裁くことができる。身分がメロディを守ってくれる。もちろん俺も守る。メロディを傷付けようとする人間は絶対に許さない」

「エクトル様……」

この場にはイリスも、レリアも、使用人たちもいない。それなのに心のどこかに彼女たちが住みついて、常に見張られているような気がして恐ろしかった。

でも、エクトルの言葉のおかげで、恐怖が和らぐ。

エクトル様は、本当にお優しい方だわ……。

「ありがとうございます……」

エクトルの妻になりたい。そのためには、ブローチが認めた証拠の印がないといけない。

「エクトル様、あなたの妻になるために必要な印の確認をお願いします……」

「あ、ああ……」

エクトルは赤い顔で、メロディの左胸をまじまじと眺めた。

「うーん……」

「ど、どうでしょうか……」

「………ないな」

「そんな……」

どうしよう。印がないということは、ブローチが光ったのは何かの間違いだったのだろうか。

エクトル様の妻になれないの？

「胸に触れてもいいか？」

不安で涙目になっていたけれど、驚きのあまり引っ込んだ。

「えっ⁉」

「あ！　す、すまない。いかがわしい気持ちで言っているんじゃなくて、いや、そういう気持ちが全くないっていうのは嘘だが、今のは純粋な気持ちで言ったんだ。大きいから掴んで動かして、色んな角度から見てみたいと思って」

「？　はい、お願いします」

いかがわしい気持ち……と言うのが、メロディにはよくわかっていない。

メロディが性教育を受けるのは十歳以降の予定だったため、使用人として働かされていた彼女は、気軽に会話ができる人間もいなかったこともあり、性のことについて学ぶ機会が全くなかった。

なので、子供は夫婦になるとコウノトリが運んでくると思っているし、夫婦はキスをする……という以上の知識がない。それにキスも、軽く唇を合わせるキスだけしか知らなかった。

「仰向《あおむ》けになってもらっていいか？　その方がよく見えると思うから」

「わかりました」

仰向けでベッドに寝そべると、エクトルが覆《おお》いかぶさってくる。

「……う……理性が砕け散りそうだ」

「え？　理性？」

「いや、なんでもない。じゃあ、触るぞ」

「は、はい」

心臓の音が、すごい音で脈打っている。大きな手が左の膨らみに触れると、身体がビクッと跳ね上がった。

「あっ」

「すまない。大丈夫か?」

「は、はい、大丈夫です」

「確認するぞ」

エクトルは胸を動かし、薔薇の印がないか確認する。

「……っ……ン……」

手が動くたびにくすぐったくて、ムズムズして、身体の疼きが強くなっていく。寒くもないのに胸の先端がツンと尖《とが》り、そこにエクトルの視線を感じる。

胸を持ち上げたその時、エクトルが「あっ」と声を上げた。

「エクトル様、もしかしてありましたか?」

「ああ、左胸の膨らみの下にある。印はメロディも見えるだろうが、この位置は普通にしていたら自分だと見えないかもしれない。胸を持ち上げて鏡で見たらいけるかもしれないな」

「胸の下……そんなところにあったなんて」

「ああ、ここに」

印がある場所に指が触れると、激しい疼きがメロディを襲ってきた。

「――……っ……!? あぁ……っ!」

「メロディ?」

どうしてだろう。この尖っている胸の先端や、秘部を今すぐ指で弄《いじ》ってしまいたい。身体の一番奥まで何かを満たしてほしい。

そんな衝動に駆られ、メロディは身体をくねらせた。性的な知識がない彼女は、この疼きが何なのかわからない。

「もしかして、身体が疼くか？」

「ン……ど、どうして……わかるんですか？」

「……実は、身体に印が刻まれる他に、もう一つ謝らなければならないことがあるんだ」

「え？」

「ブローチに選ばれると、持ち主と近くに居るとき限定だが、夜になると身ごもっているときと月のものが来ているとき以外は身体が激しく疼いて、交わらない限り治まらないんだ。王家の血筋を絶やさないために魔法がかけられていて、第一子を産むまでは続くことになる。すまない」

「交わ……？」

一つも意味がわからないメロディは、激しく疼く身体に戸惑って涙目になる。息が乱れ、豊かな胸が揺れる。

高熱を出した時のように身体が熱くて、お腹の奥が切ない。早くこの疼きを治めないと、おかしくなってしまいそうだ。

「心の準備がいることなのに、急すぎるな。でも、一度疼き始めると、嫌でも交わるしか治める方法がない。だから……」

交わるというのがなんなのかはわからない。でも――。

「エクトル様、お願いします……どうかこの疼きを治めてください……」

エクトルの喉仏が、ゴクリという音と共に上下した。

「色っぽさにやられそうだ……今ので理性がほとんど砕けて、三分の一……いや、一もない状態だ」

「え？　ん……っ」

熱い息を吐くメロディの唇に、エクトルの形のいい唇が重なった。

あ……キス……！　そうよね。私たち、夫婦になるのだもの。

ちゅ、ちゅ、と吸われるたびに、お腹の奥がゾクゾクする。

「ん……んんっ……ぁ……んん……」

大きな手が豊かな膨らみを包み込み、ゆっくりと指を動かした。

エクトルはメロディの胸を淫らな形に変え、手の平で尖った先端を擦って刺激する。先ほど薔薇の印を探すために触れられた時とは、全然違う触り方だ。

胸を揉《も》まれるのも、先端を擦られるのもくすぐったくて、それがすごく気持ちがいい。

「ん……ぁっ……んん……っ」

指が動くたびに身体がビクビク動いて、声が出てしまう。開いた口の中に長い舌が入ってきて、口腔内《こうこうない》をなぞった。

え？　え？　何をしているの⁉

唇をくっ付けるだけのキスしか知らないメロディにとっては衝撃的なことだった。でも、やめてほしいとは思わない。むしろもっとしてほしいと思うほど気持ちいい。

メロディの口腔内をたっぷりと堪能した長い舌が、彼女の小さな舌に絡む。

「ん……ぅ……んん……」

口の中と胸、両方に刺激を与えられたメロディの身体には快感が走り、お腹の奥の疼きが激しくなっていく。

気持ちいいわ……でも、どうして胸を揉むのかしら。

快感でぼんやりする頭の中で、メロディはエクトルの行動の意味を考える。

そういえば幼い頃、父が母の肩を揉んでいたことがあったのを思い出す。

甘えん坊のメロディが抱き上げてほしいとよくせがむせいで、母は肩こりや腰の痛みに悩まされていて、父がよくマッサージしていたのだ。

マッサージ……？　そうだわ。エクトル様は、私にマッサージをしてくださっているのね。交わるっていうのは、マッサージのことに違いないわ。

エクトルは小さな唇から自身の唇を離すと、胸を揉みながら、白く細い首筋にちゅ、ちゅ、と吸い付く。

記憶にはないけれど、マッサージには唇と舌も使うのだと、メロディはぼんやりする頭で納得した。

「ん……っ……エクトル様……ぁんっ……んんっ……」

「メロディ、怖くない……か？」

どうして、そんなことを聞くのだろう。よくわからない。でも、恐怖は全く感じないので、首を縦に動かした。

メロディにとっての恐怖は、モリエール伯爵邸での生活だ。夜眠りに落ちる寸前、また朝が来るのが怖くて堪《たま》らなかった。

「よかった。メロディ……キミと肌を重ねることができるなんて、夢のようだ。ああ……キミの胸はなんて柔らかいんだ」

胸の先端をぺろりと舐《な》められ、甘い快感がそこから全身に広がった。

「それになんて愛らしい乳首だ。ずっとこうして舐めていたい」

キャンディのように転がされ、唇に挟まれて吸われるたびにゾクゾクして、腰が痺《しび》れるような感覚が襲ってくる。

「ん……ぁっ……はぅ……」

それがまたよくて、メロディは赤く色付いた唇から甘い吐息を零《こぼ》す。

そういえば、母は父にマッサージされる時に、とても気持ちいいと感想を言っていたし、その辺をもう少し揉んでほしいと希望を口にしていた。

「エクトル様……胸、気持ち……っ……いいです。乳首、いっぱい、クリクリッてされるの……気持ちぃ……っ……ぁんっ！　もっと……してください」

エクトルは顔を上げて目を大きく見開いた。もうすでに赤かった頬は、さらに赤くなっていた。

「エクトル様……？」

「いや、メロディがこんなにも素直に気持ちいいと言ってくれることがものすごく嬉しいのと、興奮しているのと、驚いていて……なんというか、恥ずかしがって言ってくれなさそうだなと思っていたからな」

「そうなんですか？　とっても気持ちいいです。エクトル様」

胸や先端を弄られるとこんなにも気持ちいいだなんて知らなかった。それに口の中も。

自分の舌が口の中に当たっても何も感じないのに、エクトルに触れられると蕩《とろ》けてしまいそうだ。

「……っ……メロディ……ただでさえ興奮してるのに、そんなに煽られたら自分が抑えられなくなる」

「え？　あんっ！」

エクトルは豊かな膨らみを荒々しく揉みし抱き、熱い舌と唇で尖った先端をしゃぶり、もう一方の先端は指先で抓み転がした。

「ん……ぁっ……気持ち……ぃっ……ぁんっ……あぁっ……んんっ！　ぁぁ……っ」

今まで経験したことのない快感が次々と襲いかかってきて、腰が左右に動いてしまう。するとお尻がヌルリと滑ることに気付いた。

え……っ!?

膣口がヒクヒク収縮を繰り返し、蜜が溢れてお尻まで垂れていた。

愛液という存在を知らないメロディは、粗相をしてしまったのではないだろうかと真っ青になった。

ど、どうしよう……。

大切な人の前で、粗相をしてしまうなんて最悪だ。

「ぁんっ！」

絶望で目の前が真っ暗になるのに、身体は与えられる快感に貪欲に反応してビクビク跳ねる。

秘部に意識が移ると、膣口からどんどん溢れていくのがわかった。

嘘……！

メロディが焦っていることに気付かないエクトルは、自身が着ていたジャケットを脱ぎ、ブローチを外してクラヴァットを解いた。

「脱がせるぞ」

「え？　あっ」

エクトルは戸惑っているメロディからドレスを脱がした。彼女が身に着けているものは、ぐっしょり濡れたドロワーズだけ。

彼の指がドロワーズの紐にかかり、メロディはギクッと身体を引き攣らせた。下半身もマッサージするのだと悟り、メロディは涙目になる。

「……っ……エクトル様、ごめんなさい……」

「え、どうしたの？」

顔を上げたエクトルは、今にも泣きそうなメロディを見てギョッと目を見開き、彼女の髪を撫でる。

「メロディ、すまない！　嫌だったか？　それとも怖かったか？　いや、両方か？」

「ち、違うんです……私……その……ぬ、濡れて……しまって……」

『漏らしてしまった』『粗相《そそう》をしてしまった』両方言うのが恥ずかしくて、つい誤魔化《ごまか》した言い方をしてしまった。

どうせすぐにばれてしまうのに、往生際が悪いとは思う。でも、どうしても羞恥心が邪魔をして言えなかった。

「えっ！　そうなのか。嬉しい。どうして謝るんだ？」

「えっ⁉」

粗相をしたのに、嬉しい……⁉

「見せてくれ」

「えっ⁉　ええっ⁉　ど、どうして……」

「すごく見たいんだ」

粗相したのを見たい……⁉　どうして⁉

混乱しているとドロワーズの紐を解かれ、ずり下ろされた。

「あ……っ！」

足を広げられ、秘部にエクトルの熱い視線が注がれる。

花びらは興奮で赤く色付き、たっぷり溢れた甘い蜜がランプの光を反射してテラテラと淫猥《いんわい》に光っていた。

「ああ、本当だ。すごく濡れているな」

「……っ……」

やっぱり、勘違いじゃなかった。すごく漏らしてしまったのだ。

「嬉しい……」

羞恥心に押し潰されそうになる前に、次々衝撃が襲ってくる。

どうしてエクトル様は、粗相したことを喜んでくださるの⁉

「あ、あの……」

エクトルは花びらを指で広げた。その間には慎《つつ》ましくもぷくりと主張する花芽があり、誘うようにヒクヒク疼いている。

「あ……う、嘘……そんなところご覧にならないで……」

自分でもよく見たことのない場所を、しかも粗相をした直後のそこを見られるのは、恥ずかしくて、どうにかなりそうだった。湯気が出ているのではないかと思うぐらい、顔も身体も熱い。

「もっと気持ちよくなってくれ。メロディ……」

しかし、花芽を舐められた瞬間、そんな羞恥心は吹き飛ぶほどの快感が襲ってくる。

「ひぁ……っ!?　ぁっ……あぁっ……！」

これもマッサージなの？

あまりにも気持ちよすぎて、さっきとは別の意味でどうにかなりそうだった。

舌先でチロチロ舐められていたかと思えば、舌の表面全体を使ってねっとりと舐められる。

予測できない動きに翻弄され、メロディは激しく身体をくねらせた。

「エクトル様……私、汚れて……んっ……ぁんっ……そんなとこ、舐めたら汚い……です……ぁあっ……」

柔らかな唇が花芽を隙間なく包み込み、軽くチュッと吸いあげた。

「あぁぁ……っ！」

甘い快感が襲い掛かってきて、メロディは大きな嬌声《きょうせい》を上げた。

「汚くなどない。ああ……また溢れてきた」

嘘……私、また粗相を……。

「嬉しい。メロディ……」

また、嬉しいと言ってくださった……。

粗相は恥ずかしくて、決して喜ばれることではないはずだ。でも、人には個性というものがある。メロディにとってはそうでも、エクトルにとっては違うのかもしれない。だとすれば、よかった。エクトルに恥ずかしいと思われるのは――それが原因で嫌われるのは辛い。

快感でぼんやりする頭で考えを巡らせていると、長い舌が膣口をなぞり、溢れた蜜をじゅるると音を立ててすすった。

「え……っ……！　そ、そんなのすすっちゃ……だめです……ぁんっ……あぁっ……！」

長い指に花芽をなぞられ、舌先がヒクヒク収縮を繰り返す膣口を縁取るように舐められると強い快感と共にお腹の奥が激しく疼いた。

「ああ……メロディ、なんて可愛いんだ。まだ、入れていないのに、興奮のあまり果ててしまいそうだ……」

花芽を撫でながら縦長に丸めた舌先で膣道を弄られて間もなく、足下から何かがものすごい勢いで駆け上がってきた。

「あ……っ⁉」

え？　何……？　何かきてる……っ！

深く考える間もなくその何かはすぐに頭の天辺《てっぺん》まで突き抜けていった。肌がゾクゾク粟立《あわだ》ち、メロディは初めての絶頂を経験した。

「ぁんっ……あぁぁぁ……っ！」

全身から汗が噴き出し、身体から力が抜けて指一本動かせそうにない。

なんて気持ちがいいの……。

まるで天国にでも行ったような感覚で、メロディは自分が死んでしまったのではないかと本気で思った。

しかし、身体を起こしたエクトルが、自分の顔を覗《のぞ》き込《こ》んだことでまだ生きていることを知った。

「メロディ、達《い》ってくれたのか？　嬉しい」

いって……行って？　私、ここから動いていないわ？

絶頂の意味がわからないメロディは、エクトルの言葉を別の意味として捉えていた。

しかし、エクトルに再び足の間に顔を埋められ、まだ絶頂に震える花芽を舌で舐め転がされ、膣口に指を入れられると何も考えられなくなる。

指が中を探るように動き始めると新たな快感が広がり、身体の一番奥が泣きたくなるぐらい激しく疼いた。

「ん……ぁっ……気持ち……ぃ……っ……エクトル様……もっと……深く……に……ぁんっ……あぁんっ……深くに触れてくださ……っ……あぁん！　ぁっ……あぁっ」

指がある一点を触れた瞬間——メロディは再び絶頂に達し、大きな嬌声を上げた。

「ああ……メロディ……キミがこんな大胆な女性だったなんて、驚いた。ますます夢中になってしまう……奥ってどれくらい奥？　ここか？」

長い指を根元まで入れられて弄られても、メロディは満足できずに首を左右に振った。

「エクトル様、もっと……もっと奥を……」

絶頂の余韻に痺れながら、メロディは潤んだ瞳と甘い声で強請《ねだ》る。

「ああ、わかった。俺もメロディの一番奥に入りたい……」

エクトルはシャツを脱ぎ、ベルトのバックルを外して前を寛《くつろ》がせると、大きくなった欲望を取り出した。

あれは、何？

「今さらなんだが、メロディは……その、こういうことは、初めてか？」

「は、い……」

こんな風にマッサージをしてもらうのは、生まれて初めてのことだ。

恥ずかしいけれど、とても気持ちよくて癖になりそうだと思ってしまう。でも、エクトル以外の誰かにしてもらうのを想像したら嫌悪感が襲ってくるのはどうしてだろう。

「初めては痛むそうだ。だから、メロディもきっと痛いと思うが……なるべく優しくするから、少し我慢してくれるか？　あ、でも、印の作用で普通にするよりは痛まないらしい」

そういえば、母が父にマッサージをされている時、凝りすぎて揉まれると痛い。そして痛いけど気持ちいいと言っていたことを思い出す。

きっと、そういうことなのね！

「はい、大丈夫です」

メロディが頷《うなず》くのを見届けたエクトルは、自身の腹部にくっ付いてしまいそうなほど上を向いた欲望を、蜜で濡れた膣口に宛《あて》がうと、ゆっくり奥へ埋めていく。狭い中を内側から押し広げられると、快感と共に痛みが走った。

「ン……ぁ……っ」

でも、快感の方が勝《まさ》って、痛みはほとんど感じない。

お母様の言っていた通りだわ。痛いけど、気持ちいい……。

「……っ……あぁ……メロディ……キミの中は……なんて素晴らしいんだ……っ……まだ、少し入れただけなのに……腰が震えるぐらい気持ちいい……」

「私も……気持ち……ぃっ……ぁんっ……あぁ……っ」

早くここまで来てほしいと叫ぶように、奥が激しく疼いておかしくなりそうだった。

「……っ……メロディ……痛いか？」

「少し……だけ……っ……」

そう答えると、ゆっくりと膣道を押し広げていくエクトルの欲望の動きが、さらにゆっくりになった。熱くてぼんやりした頭でも、彼が気を遣ってくれているのだとわかる。

「メロディ、すまないな。この痛みを全部俺が貰えたらいいのに……」

エクトルの優しさに胸の奥がキュゥッと切なく、そして温かくなる。するとますますお腹の奥が疼いて、早くそこに触れてほしくなった。

「んん……っ……大丈夫です……だから、エクトル様、奥に……早く……っ……ください……」

「……ああ……俺に気を遣ってくれているのか……ありがとう……」

「えっ！　い、いえ、違います……私は、本当に……んんっ」

あまりに疼いて、早くそこへ導こうと腰が動いてしまう。欲望に引っ張られて狭い中が広がると、痛いけど気持ちよくて肌がゾクゾク粟立つ。

「俺は我慢強い方だと思っていたが、キミ限定で……我慢もできなければ、理性も働かないみたいだ……」

エクトルはメロディの唇を深く貪ると、蜜壺の最奥までググッと欲望を突き入れた。

「——……っ……んん！」

痛みと共に、待ち望んでいた刺激がメロディを襲う。それは想像していた以上の快感で、自分の意思とは関係なく、中がギュゥッと収縮して熱い欲望を強く締め付けた。

「う……くっ……はぁ……中から……握られてるみたいだ……ああ、メロディ……キミの中はすごすぎる……」

一番奥を満たしてもらったのに、身体は激しく疼いておかしくなりそうだった。エクトルが動き始めると更なる快感が訪れ、メロディは大きな嬌声を上げる。

「あぁっ……！　んっ……あっ……あぁっ……はぁんっ……あぁぁっ……！」

奥に当たるたびに、甘い声が喉を突いて出る。

膣口からは欲望で掻《か》き出された蜜が溢れ、そこには破瓜《はか》の血が混じっていた。けれど、もう痛みはどこかへ行った。

ただただ気持ちよくて、自分が自分じゃなくなりそうだった。

どこかに掴まっていないとおかしくなりそうで、メロディは広い背中に手を回してしがみつく。

「ああ……メロディ……可愛い……メロディ……すまない……とまらない……辛かったら、背中に爪を立てて引っ掻《か》いてくれ……」

エクトルは激しく突き上げてきて、奥に当たるたびに腰が浮き上がる。身体が揺れるたびに敏感になった胸の先端が逞《たくま》しい胸板に擦れ、別の快感も広がった。

エクトルが絶頂を迎えるまで、メロディは何度も絶頂を迎えた。

待ち望んでいた刺激を受けても疼きは治まらず、辛さも感じてきたけれど、それ以上にエクトルと繋がっているのは心地いい。

ずっとこのままでも、いいかもしれない……。

「メロディ……俺も、もう……達く……あぁ……っ……」

一際激しく突き上げたエクトルは、かすかに切なげな声を零し、メロディの最奥に熱い情熱を放った。

「ん……ぁ……っ……あぁ……っ」

情熱で満たされたメロディは、ようやく激しかった疼きが止まっていくのを感じた。

「疼き……止まったか?」

「は、い……止まりました……」

元々栄養不足で体力がないメロディは体力の限界を迎え、意識が遠のいていく。

「メロディ、大丈夫か?」

ああ、眠くて……我慢ができないわ。

「はい……エクトル様、ありがとうございます。とても気持ちよかったです……」

感謝の気持ちをやっとで口にしたメロディは、そのまま意識を手放した。

彼女はまだ知らない。翌日、初めて性教育を受け、今夜の自身の言動を思い出して頭を抱えることを——。

第三章　遅れた令嬢教育

翌日の夜、メロディは真っ赤な顔でソファに座っていた。手には国の歴史が詳しく書かれた教本を持っているが、さっきから同じページのままだ。

十歳以降令嬢としての教育を受けていないメロディは、体力がいるダンスを除き、今日から様々な教育を受けさせてもらうことになった。

その中には性教育もあり、メロディは昨日の出来事がマッサージではなく子供を作る夫婦の行為であること、粗相したと思っていたのは愛液だったこと、そして昨日の言動は、令嬢としてはしたなかったと知って、卒倒しそうになった。

「〜〜〜……っ……うう、いやぁ……」

昨日のことを何度も思い出し、メロディは頭を抱える。

エクトル様が驚いていたのは、私があんなはしたないことを言ったからだったのね。うう、時間を戻せるなら、今すぐ戻したいわ……！

どうしよう。エクトル様、私のこと、はしたない子だと思って呆れていないかしら。ブローチがこんな子を選ぶなんて……と悲しんでいないかしら。

勉強がしたいと借りた本なのに、昨夜のことを思い出すのが止まらなくて一ページも進まない。

次にエクトル様とお会いする時、どんな顔をすればいいの……!?

もう居ても立ってもいられなくなり、ソワソワと部屋の中を歩き回った。すると、窓辺で乾かしていた絵本が乾いていることに気付く。

「あ、乾いたのね」

ファニーにお願いして用意してもらった箱に、一枚一枚丁寧にしまっていく。もう元に戻ることはないけれど、手元に大切に取っておこうと思っているのだ。

最後の一枚を箱に入れると、扉をノックする音が聞こえた。

長らく無断で誰かが入ってくる環境に居たので、ノックされると自分を大切にされている気がして嬉しく感じる。

「はい、どうぞ」

ファニーかしら。

「メロディ、入るぞ」

「あ……っ！」

入ってきたのは、エクトルだった。

「……なんというか、その、昨日ぶり、だな」

「え、ええ」

「政務が立て込んでいて、会いに来るのが遅くなってしまった。もう少し早くに会いたかったし、できたら一緒に食事もとりたかったんだが……」

「ご政務お疲れ様です。また、次の機会にぜひ……」

「ああ、あと数日で落ち着きそうだから、一緒に食べよう」

お互い頬を染め、身体を重ねる前とは違ってぎこちなく会話を交わす。

「暮らしの中で何か不便はないか？　何か欲しいものや、してほしいことなどあったら、遠慮なく教えてくれ」

「いえ！　とんでもないです。夢みたいな暮らしですありがとうございます」

息が白くなるほど寒い部屋で寝起きしていたのに、こんなにも暖かい部屋で過ごせる。硬いパン一つだけで過ごしていたのに、美味しい食事を三回も食べられる。冷たい水で震えながら身体を洗っていたのに、お湯を使って入浴できる。穴も開いていないし、生地も薄くない服を身に付けられる。これ以上ない生活だ。他のことなんて思いつかない。感謝の気持ちでいっぱいだ。

「それはよかった。何か他に思いついたことがあれば、俺が居ない時にはファニーに伝えてくれ」

「わかりました。ありがとうございます」

こんなにも気を使ってくださって……エクトル様はお優しい方だわ。

するとエクトルの視線が、メロディの持っていた箱の中に落ちる。

「ん？　そのバラバラの紙は？」

「あ……これは昨日聞いていただいた破かれた絵本です」

「ああ、これがそうなのか……」

「はい、大切なものなので、元には戻せないけれど側に置いておきたくて」

エクトルは箱を持つメロディの両手をそっと包み込んだ。彼のぬくもりを感じると昨夜のことを思い出して顔が熱くなる。

「この絵本、少しの間、貸してもらえないか？」

「え？　これを……ですか？」

「駄目か？　少し長く借りることになってしまうと思うが、必ず返す」

エクトルにならもちろん貸すのは構わないが、この状態では全く読めない。どうするのだろう。

「駄目なんかじゃありません。こちらでよければどうぞ」

「ありがとう」

エクトルは蓋を閉め、ベルで使用人を呼んで自室に運ぶように命じた。

何に使うおつもりなのかしら。

首をかしげていると、また身体が疼き出すのを感じる。

「……っ」

あ、私、また……ど、どうしよう。

「メロディ、どうかしたか？」

「あ、いえ、なんでもございません」

性教育を受けて理解した今、身体が疼いているなんてとても言えなかった。

「それならいいが、何かあったら教えてくれ」

「は、はい」

「実はこれからメロディに付いてきてほしい場所がある」

「付いてきてほしい場所、ですか？　わかりました。私でよければ」

「ありがとう。じゃあ、行こうか」

メロディは疼きを感じながらも、エクトルに付いて行った。一階まで降り、長い廊下を歩いた先の部屋の前で足を止める。

「こちら、ですか？」

「ああ、扉を開けてみてくれ」

ここに一体、何があるのかしら。

ドキドキしながら取っ手に触れると、「わん！」という声が聞こえてきた。

「！」

この声は、もしかして……。

扉を開けると、尻尾を振ったルイーズが飛びついてきた。

「ルイーズ！」

「わんっ！」

すぐに抱き上げると、顔をペロペロ舐めてきた。

昨日泥だらけだった身体は、綺麗に洗われて真っ白になっている。今日は日向《ひなた》ぼっこでもしていたのだろうか？　ふわふわの毛からは太陽の匂いがした。

広い部屋には暖炉があり、温かく保たれている。部屋のあちこちにはボールやぬいぐるみが落ちていた。ルイーズが遊んで散らかしたのかもしれない。

暖炉の前には高さの低いソファがあり、そこには灰色の毛をした大きな犬が横になっている。こちらに気付いた様子で、キョトンとした目をしていた。

そういえばエクトルは、犬と暮らしていると言っていた。この子がそうなのだろう。

『家は広いし、面倒を見る人間もたくさんいるし、問題ない。それに家にいる犬も喜びそうだ。一生不自由なく幸せにすると約束しよう』


貴族か実業家のどちらかだろうと思っていたが、まさか王子とは思わなかった。

「あっちにいるのは、ノアだ。老犬だから最近は寝てばかりだったんだが、ルイーズが来てくれてからいつもより動くようになったんだ」

「ノア、初めまして。私はメロディよ。よろしくね」

メロディが声をかけると、ノアが立ち上がって尻尾を振りながら駆け寄ってきた。

ルイーズを置いてノアの目線になるようしゃがむと、くぅ……と小さな声で鳴いて、頭を擦りつけてくる。

「ふふ、人懐っこいのね」

ふかふかの首元に顔を埋めると、太陽の匂いと一緒にどこか懐かしい匂いがした。

いい匂いだわ。嗅いだことのあるような匂い……どうしてかしら。どこで嗅いだ匂い？

エクトルも隣にしゃがみ、ノアの頭を撫でた。気持ちよさそうに目を瞑るノアが愛おしくて、二人は目を細める。

「いや、ノアは人見知りだ」

「人見知り？　でも、こんなに懐《なつ》いてくれていますよ？」

「…………覚えているからだ」

「え？」

「実は……」

エクトルが口を開いたその時、構ってもらいたいルイーズがメロディのドレスの裾を口に咥《くわ》えて引っ張った。

「あら、ふふ、ドレスを噛《か》んじゃ駄目よ」

頭を撫でられたルイーズはドレスを放して部屋を走り回り、ボールを持って帰ってきた。メロディの前にそれを置くと、尻尾を振って目を輝かせて彼女を見つめる。

「投げればいいの？　こんな感じかしら？」

投げたボールを追いかけてルイーズは走っていく。

「ふふ、元気ね」

「ああ、元気だ。昨日獣医に診てもらったよ。栄養失調気味だったが、健康だそうだ」

「よかった……」

ボールを咥えて戻ってきたルイーズが、再びメロディの前にボールを置いた。褒めてもう一度投げてやると、嬉しそうに追いかけていく。

「食欲も旺盛だから、心配することはないそうだよ」

「そうだったんですね。エクトル様、この子を救ってくださって本当にありがとうございます」

「ああ、ノアとも相性がよくてよかった。眠る時は寄り添って寝ているんだ」

「まあ！　なんて可愛いのかしら。いつか私も見てみたいです」

「すぐに見られる。これからはずっと一緒に暮らすのだから」

ずっと一緒――そう、これからは、もうあの家でダミアンとイリスとレリアに怯《おび》えて生きていかなくていい。エクトルと一緒に生きていけるのだ。

こんな日が来るなんて、思わなかったわ。

「はい、ありがとうございます……」

嬉しさのあまり涙が出てきそうになり、メロディは両手で頬を軽く叩く。

泣いては駄目よ。エクトル様を心配させてしまうわ。

「メロディ、どうした？　叩いては駄目だ。痛いだろう」

驚いたエクトルは、慌ててメロディの両手を掴んでこれ以上叩かせないようにした。

「……っ！」

身体の疼きが激しくなるのを感じ、メロディはビクッと身体を引きつらせる。

「あ、すまない。痛かったか？」

「い、いいえ、少し驚いただけです」

エクトルは少し手の力を緩めると、メロディの細い指に自身の指を絡めて握った。この手が昨日自分の身体に触れたのだと意識してしまい、顔が熱くなる。

美しい顔が近付いてくると恥ずかしくて直視できなくなり、メロディはギュッと目を瞑った。すると間もなく、唇を柔らかいものが塞ぐ。口付けされているのだとすぐに気付いた。

ちゅ、ちゅ、と吸われるたびに、身体の疼きが強くなっていく。でも、やめてほしくない。ずっとこうしていたいと思ってしまう。

「わんっ！」

中断したのは、構ってほしいルイーズの鳴き声だった。メロディとエクトルは一度ルイーズに視線をやり、すぐにお互いを見合わせ気恥ずかしそうに笑う。

ルイーズの目は半分ほど閉じていた。眠いのだとすぐわかる顔をしている。

「ルイーズ、お前はもうおやすみの時間だ。子犬はよく眠らないといけない。ノア、頼む」

「おやすみなさい。ノア、ルイーズ」

ノアがソファに戻ると、ルイーズも彼女の後ろに付いてソファに飛び乗った。くるんと丸まって眠るノアのお腹の間に入って、大きなあくびをすると自身も丸くなる。

「ノアに任せていれば心配はいらない。使用人たちにも様子を見るように言ってあるし、俺たちは出よう」

「はい」

私もルイーズも、素晴らしい方の傍に居られて幸せ者ね。

部屋を出て自室に向かう。身体の疼きが激しくなっていて、歩く時のわずかな振動ですら感じ始めていた。

「……っ」

「メロディ、大丈夫か？」

「えっ！」

疼いていることに気付かれたのだろうかと思ってギクリと身体を引き攣らせると、エクトルはとても心配そうにメロディの顔を覗き込んでいた。

「歩くたびに辛そうな顔をしている。……もしかして、痛むか？」

「痛む？　あ、手のことですね。大丈夫です。お医者様から頂いた薬を塗ったら、一日でかなりよくなりました」

「あ、いや、手じゃなくて……」

エクトルの頬が、わずかに赤くなる。

「エクトル様？」

「その、初めて身体を重ねた後は痛むし、体調を崩すことがあるらしい」

昨夜のことを湯気が出そうなぐらい顔が熱くなるのを感じながらも、メロディは首を左右に振った。

「だ、大丈夫です……」

恥ずかしさのあまり、その場から逃げ出したくなってしまうのを必死で堪えながら答えた。

「本当か？　もしかして、俺を気遣って、そう言ってくれているんじゃ……」

「本当に大丈夫です！　あの、心配してくださってありがとうございます」

「そうか、よかった」

今朝は少し身体が怠《だる》かったけれど、昼になる頃にはよくなっていた。

むしろ、モリエール伯爵家に居る時の方が、満足な食事もなしに身体を酷使して働いていたので、ずっと具合が悪かった。

昨日の自分の言動は、知識がなくてマッサージだと思いこんだからと弁解したい。でも、いきなり言い出すのはどうだろう。

エクトルと身体を重ねたことを思い出すと、また疼きが強くなる。膣口からは蜜が溢れ、太《ふと》腿《もも》まで垂れていた。

「はぁ……はぁ……」

息が乱れて膝がガクガク震え、とうとう歩いていられなくなって足を止めた。

ど、どうしよう。歩けないわ……。

そのまましゃがみこんでしまいそうになると、横抱きにされた。

「あっ……エクトル様……」

「やっぱり辛いんだな？」

「あ……違うんです……ぁんっ」

ただ抱かれているだけで淫らな触れ方なんてされていないのに、指の感触に感じて甘い声がこぼれてしまう。

「……メロディ、もしかして、疼いてるのか？」

恥ずかしくて認めたくない。でも、もう誤魔化しきれなかった。

「……っ……そう、です。ごめんなさい」

「どうして謝るんだ？　メロディは悪くない。悪いのはこんな魔法をかけた俺のブローチだ」

エクトルはメロディの部屋のある方とは別の方へ足を運ぶ。

「エクトル様、どちらへ……」

「俺の部屋だ。メロディの部屋よりも近いからな」

エクトルの部屋は二階の突き当たりにあった。豪奢《ごうしゃ》な装飾がされた扉で、一目見ただけで特別な部屋だとわかる。

「ここが俺の部屋だから、覚えておいてくれ。いつでも歓迎する」

「は、はい」

メロディの部屋も広かったが、エクトルの部屋はもっと広かった。落ち着いた色合いの部屋で、置いてある調度品はどれも一流であることが彼女にもわかる。

エクトルはメロディをベッドに組み敷き、自身の胸元のボタンを外した。

「その疼き、鎮めてもいいか？」

メロディは頬を染め、小さく頷いた。

また、昨日のような快感を与えられると思ったら、ますます身体が疼き出す。情熱的に唇を奪われ、身体を撫でられると気持ちよくて仕方がない。

「ん……んん……っ」

ドレスを脱がされ、胸を直に触れられると声が出そうになる。唇を固く結んでも我慢できないので、口を手で押さえた。

「メロディ、どうした？　もしかして、声を我慢してるのか？」

胸の先端を舐めながら尋ねられ、メロディはきつく口を押さえながらコクコク頷く。

「どうしてだ？　昨日は聞かせてくれただろう？」

濡れた先端に熱い吐息がかかるだけで感じて、身体がビクビク震える。手を完全に離したら大きな声が出てしまいそうなので、少しだけずらす。

「……っ……わ、忘れてください……私、あれがはしたないことだと知らなくて……んんっ……あぁ……っ」

「ん？　どういうことだ？」

「私……今まで性に対する知識を学ぶ機会が全くなくて、昨日のことは……あの、マッサージだと思っていたんです」

「…………えっ⁉　そうなのか？」

あまりにも驚いたようで、エクトルが身体を起こす。

「ごめんなさい……あの言動が、とてもはしたないことだったなんて思わなくて……げ、幻滅なさいましたか？」

知りたいけど、知るのが怖い……。

幻滅したと言われたら、涙を堪えられるだろうか。

するとエクトルはメロディの唇を優しく吸った。

「ん……っ……」

「幻滅なんてとんでもない。気持ちいいと言ってくれて嬉しかったし、すごく興奮した」

「本当……ですか？」

「ああ、本当だ。だから、これからもそうやって我慢しないで声を出してほしいし、昨夜みたいに気持ちいい時や、してほしいことがあったら教えてほしい」

自分を気遣って言ってくれているのかと思ったが、エクトルの表情は真剣そのものだった。

取り繕っていない本当の自分を受け入れられている気がする。

メロディは長年虐げられて傷付いていた自分の心が、温かい何かで包み込まれていくのを感じた。

「はい……あ、でも……」

「ん？」

「全く何も知らない時と同じようにというのは、無理かもしれません……知識を得た分、羞恥心が芽生えてしまったので……」

「ふふ、確かにそうだな」

エクトルは再びメロディの胸に顔を埋め、淡く色付いた頂《いただき》をキャンディのように舐め転がした。

「ん……ぁっ……ぁんっ……んんっ……」

最初は恥じらって口元を押さえていたメロディだったが、やがてそんな余裕はなくなって昨日のように大きな嬌声を上げた。

「今日は中をどうしてほしい？」

長い指に膣口をなぞられ、メロディは誘うように腰を動かしてしまう。

「……っ……ん……ぁ……中……ぁんっ……！　な、中……弄ってほし……ぃ……です……っ……」

羞恥心なんて砕け散り、必死に懇願するメロディをエクトルは熱い視線で見下ろしていた。

「ああ……なんて可愛いんだ」

中指を膣道に押し込まれると、気持ちよくて肌がゾクゾク粟立つ。指を動かされるたびに蜜が中で掻き混ぜられ、淫らな水音が聞こえる。

「いい音が聞こえる」

「わ、たし……昨日は、粗相をしたのかと思って……んっ……ぁんっ……どうしようかと思いました……」

「え、濡れているのを粗相と勘違いしたのか？　……くっ……ふふっ……あはっ」

「は……んんっ……はい……」

堪えきれなくなったエクトルが笑うと、ますます恥ずかしくなる。

エクトルは話しながらも愛撫《あいぶ》をやめないので、メロディは会話の途中で喘《あえ》いでしまう。それが彼女の羞恥心にますます火を付けていた。

「昨日、少し様子がおかしいと思ったんだ。それは粗相をしたと思って焦っていたからだったのか」

「は、はい……粗相をしたのに嬉しいと仰るから……んっ……ぁんっ……どうして……っ……と思って……」

「くくっ……なるほど……あははっ」

「んっ……ぁ……っ……無知……で……んっ……お恥ずかしい……っ……です……」

「恥ずかしがる必要なんてない。知識がなくても、俺たちは昨日愛し合うことができた。そうだろう？」

エクトルは中に入れた指を動かしながら、親指を器用に使って花びらの間にある敏感な粒を同時に可愛がった。

足元からゾクゾクと何かがせり上がってくるのを感じ、メロディはエクトルにしがみついた。

「ん……っ……あぁ……っ……あぁぁぁぁ……っ！」

中に入った指を締め付けながら、メロディは絶頂に達した。あまりの気持ちよさに涙が出て、眦《まなじり》からこぼれる。長い指を引き抜かれると、蜜がコポリと溢れた。

「メロディ、今まで辛い思いをしてきたな……何も知らずに生きていた自分が許せない。すまない……本当にすまない」

「そんな……！　謝らないでください……エクトル様……は、何も……何も悪くなんてございません……あんな生活から救い出してくださって、感謝しています……本当に……本当にありがとうございます……」

エクトルが救い出してくれなかったら、今頃はイリスに折檻され、また影でレリアに酷い目に遭わされていた。

「これからは辛い思いをした分、辛い記憶が思い出せないぐらい幸せにしてみせる……」

優しく唇を重ねられ、メロディはそっと目を閉じる。ちゅ、ちゅ、と唇を吸われるのも、舌を擦り合わせるのも気持ちがいい。

花びらの間に硬くなった欲望を挟まれ、上下に揺さぶられると敏感になった粒が擦れて、甘い刺激が襲ってくる。

「ん……んんっ……」

これを入れてほしいと叫ぶように最奥が激しく疼いて、腰が左右に動いてしまう。

「メロディの中に、入ってもいいか？」

待ち望んでいた言葉に、メロディはぼんやりする頭を縦に動かした。

「は……いっ……お願いします……」

熱い欲望が膣口に宛がわれ、ゆっくりと入ってくる。

「ん……あぁー……っ」

押し広げられる感覚があまりにも気持よくて甘い声がこぼれ、全身の毛穴が足元から徐々に開いていく。

一番奥に熱い欲望の先が当たる。エクトルは根元まで欲望を入れてすぐに、腰を動かし始める。

「ああ……メロディ、気持ちいい……キミの中は、なんて素晴らしいんだ……」

「ぁんっ！　あぁ……わ、私も……私も気持ちい……っ……ぁんっ……あぁっ……気持ち……っ……ン……いぃ……っ！　んぁっ……ぁんっ！」

腰が浮き上がるほど激しく突き上げられ、繋《つな》ぎ目からは掻きまぜられて泡立った蜜が掻き出

され、グチュグチュ淫らな音が静かな部屋の中に響く。

お腹の中がエクトルの欲望でいっぱいで苦しいのに、その苦しさが心地いい。熱い肌と肌が汗でくっ付くのも安心する。唇を重ねて舌を絡め合うと、胸の中がジンと温かく痺れた。

なんて気持ちよくて、幸せな時間なのだろう。

許されることなら、ずっとこうしていたい。

「あ……っ……き、きちゃぅ……ぁっ……んっ……んっ……ぁぁあぁ……っ！」

メロディが快感の頂点に達し、エクトルの欲望を強く締め付ける。彼は腰の動きを止めてビクビクと身体を揺らし、再び激しく突き上げた。

「ひぁ……っ……ぁっ……んんっ……あっ……あぁっ……」

絶頂に震えている中を擦られると、強すぎる刺激が襲ってきた。何かに押し流されて、自分が自分じゃなくなりそうで、メロディはエクトルの背中にギュッとしがみつく。

「ああ……メロディ、俺も達《い》きそうだ……」

「んっ……きて……きてください……ぁっ……あぁっ……！」

エクトルは一際激しくメロディの中を突き上げ、最奥に熱い情熱を放つ。それと同時に、メロディもまた快感の高みへ昇りつめた。

小さな蜜壺がドクドクと彼の情熱で満たされると、疼きが治まっていくのを感じる。

「疼きは、治まった……か？」

「はい……エクトル様、ありがとうございます。……ぁっ」

情熱を放ってもなお硬さを保つ欲望を引き抜かれると、喪失感で膣道がヒクヒク切なく収縮を繰り返した。

ずっと、中に入れていてほしかった……なんて淫らなことを考えてしまうのは、令嬢としての教育をちゃんと受けてこなかったからだろうか。

「メロディの中があまりにも気持ちよくて、あのまま入れていたいと思うぐらいだった」

エクトルはメロディの汗でくっ付いた前髪を払うと、額にチュッとキスを落とす。

エクトル様も、同じことを考えてくださっていたのね。

でも、恥ずかしくて、自分も同じことを考えていたとは言えなかった。

「……っ」

なんて言ったらいいかわからなくて口ごもっていると、エクトルがクスッと笑う。

「安心してくれ。メロディの嫌がることはしないと誓う」

嫌じゃないと言いそうになったけど、それは淫らな女だと宣言しているように感じたので頷くことにした。

「ん……」

瞬きをするのが億劫《おっくう》になってきた。

眠い……。

でも、駄目だ。自分の部屋に戻らなくてはいけないのだから。でも、まだ身体に力が入らない。

「ふふ、目がトロンとしているな。可愛い」

大きな手で頭を撫でられると、胸の中が温かくなって、ますます眠気が強くなる。

必死に抗《あらが》おうとしたけれど、だんだん目を瞑っている時間の方が大きくなって、メロディは夢の世界へと旅立ったのだった。

◆◇◆

ここは、どこ……？　ああ、そうだ。ここは——……。

メロディはモリエール伯爵邸に居た。

古くなって薄くなり、あちこち開いた穴をふさいだ使用人の制服を着て、あかぎれだらけの手でくたびれた雑巾と水の入ったバケツを持っていた。

あれ？　私……ああ、そうだ。いつものように掃除をしないと……。

床を拭いているとビリビリ音が聞こえた。紙が降ってきて、なんだろうと見上げたらレリアが唇を吊り上げている。

その紙が宝物の絵本だったと気付くのに時間はかからなかった。

「ふふ、惨めな姿ね。あんたは一生この家で惨めな人生を送るのよ。可哀相ね。でも、とってもお似合いよ」

「あぁ……っ」

必死に集めているとイリスがやってきて、バケツの中に入っていた汚水を頭から浴びせられた。

メロディと一緒に破かれた絵本もびしょ濡れになり、使用人たちがいつの間にか彼女の周りを囲んでいて、指をさしてクスクス笑う。

遠くにダミアンの姿を見つけた。いつの間にかメロディの身体は幼い頃の姿に戻っていて、小さな手を彼に伸ばす。

「お父様……もう、こんなの嫌……！　助けて……」

ダミアンは眉を顰《ひそ》めると、背を向けた。

そんな……。

「お前のような使用人以下の人間が、わたくしの旦那様のことを気安くお父様なんて呼ばないでちょうだい。旦那様はお前のじゃなくてわたくしの娘、レリアのお父様よ」

イリスはダミアンにしなだれかかり、レリアも彼に寄り添った。

「あ……あぁ……」

深い森の色をした瞳から涙が溢れ、メロディはその場にうずくまって大きな声を上げて泣いた。

すると温かい何かが、メロディの頭に触れる。

――何……？

頭だけでなく、身体も、心も温かくなっていく。


「…………ディ……メロディ」

ぼんやり目を開けると、エクトルが心配そうにメロディの顔を覗き込んでいた。

「エクトル……様……？」

「起こしてすまない。大丈夫か？」

どうして私、エクトル様と一緒にいるのかしら……。

身体を起こそうとしても、力が入らなくて無理だった。秘部に残る感覚で、ようやく自分がどうしてここにいるのかを思い出す。

そうだわ。私、あのまま眠ってしまったんだわ。

「ごめんなさい……私、あのまま眠ってしまって……すぐに帰りますね」

と言っても、身体に力が入らなくて無理そうだ。どうしようかと焦っていると、エクトルが優しく頭を撫でてくれた。

あ……この感触――夢の中で感じたのと同じだわ。

「いや、帰らなくていい……というか、帰らないでほしい。このまま朝まで一緒に居よう。嫌か？」

「とんでもないです。じゃあ、えっと……お言葉に甘えて」

「ああ、そうしてくれ」

心臓の音が、ドキドキ早く脈打っている。気恥ずかしくて、エクトルの顔を見ることができない。

「すごくうなされてた。それに涙が……大丈夫か？」

エクトルは指の腹を使って、メロディの眦を拭った。

「あ……私、モリエール伯爵家に居る時の夢を見て……それで……」

「起こして正解のようだな」

「はい、悪夢だったので、起こしてくださって助かりました。ありがとうございます。あの、もしかしてさっき、頭を撫でてくださいましたか？」

「ああ、きっと悪夢を見ていると思ったから、いい夢に変わればいいなと思ってな」

やっぱり……。

「ありがとうございます」

胸の中が、温かい――。

あれが夢で、今が現実でよかった。もうあの家には、二度と戻りたくない。

「メロディ……質問をしてもいいか？　もちろん、嫌なら答えなくていい」

「はい、何でしょうか？」

答えなくてもいい――ということは、繊細な話なのだろうか。配慮をしてくれるのが、優しいエクトルらしい。

「メロディは、モリエール伯爵……自分の父上のことをどう思っているか聞かせてくれないか？」

「あの人のこと……」

幼い頃は自分をとても可愛がってくれたのに、どうして今はあんな風になってしまったのだろう。

いや、メロディが知らなかっただけで、あれが本性だったのかもしれない。

「……幼い頃は、大好きでした。でも、今はあの人を父と呼ぶことすら嫌悪感があります。もう、二度と会いたくないです」

幼い頃に可愛がってくれた父、現在の冷たい父、思い出すとかきむしりたくなるほど胸が苦しくなる。父の記憶を自分の中から全て消してほしかった。

「本当に？」

「はい、本当です」

「では、モリエール伯爵家が潰れるとしたら、メロディの心は痛まないか？」

「モリエール伯爵家が潰れる？　それは、どういうことで……」

「モリエール伯爵家には、以前から人身売買に加担しているとの疑いがかけられていた」

「え……っ⁉」

人身売買⁉　モリエール伯爵家が……⁉

「八年前から、教会で育てている孤児たちが失踪する事件が相次いでいた。その子供たちがとりわけ容姿の整った者ばかりで怪しいと、匿名で情報が入ったんだ。調べてみるとモリエール伯爵家が資金を援助している教会ということがわかった」

八年ほど前——それは、メロディの母が亡くなった時期だ。

「確実に何か関わっているだろうとさらに詳しく調べることになった。しかし、なかなか尻尾を出さなくてな。父の管轄から離れて、俺の管轄になっても進展はなかったんだが、昨日、ようやく証拠を掴むことができた。モリエール伯爵家は、とある組織と繋がっていて、我が国と敵対関係にあるタンジー国に、教会の孤児たちを売っている」

「な……っ……そんな……う、売って……どうするんですか⁉」

「奴隷にするんだ」

「奴隷……」

目の前が真っ暗になった。

お父様が、そんなことをしていたなんて……。

思い返してみれば、八年前にイリスとレリアがやってきてからというもの、随分とお金を使っていた気がする。

毎週のように新しいドレスに宝石を買って着飾り、パーティーを開いていた。

それに美術品やメロディが一目見てわかるほどの高価な調度品も購入し、頻繁に屋敷へ運びこまれていた。

母が存命だった時はありえない光景だったが、悲しみの中にいたメロディは資金源を考える余裕がなかった。

まさか、人身売買で得たお金だったなんて……！

「八年前から随分と派手にお金を使っていました。贅沢するため、犯罪なんかに手を染めるなんて……」

「……贅沢と、後は賭博に夢中だったようだ。どうやらイリスから教わったようだな」

「賭博？　あの人が？」

「ああ、こちらも以前から問題になっていたのだが、我が国では賭博は合法だ。だが、競馬やトランプといった限られたものだけで、モリエール伯爵が夢中だったのは認められていないものだ」

「あの、あの人たちは何の賭博に夢中だったんでしょうか……」

「猛獣と人間を戦わせ、どちらが勝つか賭けるか……という競技だ。こちらも証拠を掴むことができたから、間もなく摘発予定だ」

なんてこと……！

そんな恐ろしいことに夢中だったなんて、あの人たちはどこまで最低なのだろう。

「人身売買は重罪だ。違法賭博に参加した罪、そして王子妃を虐待していた罪も合わせて爵位を取り上げ、夫妻は国外追放処分、あの忌々しい女狐《めぎつね》……いや、キミの義理の妹は、修道院行きになるだろうな」

「あの、私も一応モリエール伯爵家の者です。私への処分は……」

「メロディも奴隷にされた子供たちと同じく、被害者だ。それにキミは王子妃、行く末は王妃だ。処分などありえない」

「でも、私の家のせいで、罪もない子供が……」

母が亡くなってからの八年間、使用人のように暮らしてきた生活はとても辛かった。

でも、奴隷だなんてもっと過酷な状況だろう。あれよりも辛い思いをしているなんて、考えるだけで震えが止まらない。

「メロディは悪くない。何も知らなかったし、知っていたとしてもどうにかできる状態ではなかっただろう？　罪悪感を覚える必要なんて、少しもない」

エクトルはメロディを抱き寄せ、彼女の髪を優しく撫でた。

「ちなみにだが、二代前の国王は……俺の曾祖父は内乱を起こし、実の息子である祖父に処刑された。父や俺も処刑されるべきか？」

「とんでもない！　エクトル様と陛下は何も悪くなどありません」

声を荒げると、エクトルがそっと微笑んだ。

「メロディだってそうだ」

私を励まそうとしてくださっているのね……。

「はい、ありがとうございます……あの、爵位はいつはく奪されるのでしょうか」

「組織と会っている現場を押さえて、それから裁判にかけるから……もう少し後になるだろうな」

「そうですか……」

「人身売買や違法賭博のことが知られているとは思っていないはずだから、今頃は病弱だと嘘を吐いてメロディに酷い仕打ちをしていた件をどう誤魔化すかで、頭を悩ませているだろうな。愚かな男だ。メロディを苦しめた者は、メロディが味わった以上の苦しみを味わわせてやる。もちろん、キミを苛《いじ》めていた使用人たちも含めてな」

実の父親が裁かれるという話を聞いても、他の者を苦しめるという言葉を聞いても、心が少しも痛まない。むしろ嬉しいと思ってしまう。

自分がそう思ってしまうこと、そしてそう思うようになってしまった今までのことを思い出すと胸が苦しくなった。

第四章　焦る気持ち

メロディが城に移り住むようになってから、二週間が経った。

「メロディ様、ステップが遅れておりますわ。私の手を叩く音に合わせて……そう……そうです。あ、また、遅れてきましたね」

「は……っ……はい……っ」

額には玉のような汗が噴き出し、息が切れて心臓がものすごい速さで脈打っている。

「大丈夫ですか？　少し休憩を挟みましょう」

「いえ、大丈夫です。こ、このまま、続けさせてください……」

「無理は禁物です。少しだけ休憩に致しましょう。さあ、こちらの椅子にお座りください」

「ありがとうございます……」

健康的な食事と生活を送るようになり、体力も回復したので昨日からダンスの授業も受けることになった。

頭で動きを理解していても、身体がついてきてくれない。基礎体力もないのですぐに息があがって、少し動いては休憩を挟んでいた。

最初はかかとの低い靴を履いて、慣れてきたら実際に舞踏会で使用する高さのヒールの靴で練習を始めるそうだ。

かかとが低くても足がもつれるのに、ヒールが高い靴なんて履いたらどうなってしまうのだろう。

「アデル様、クラリス様、出来が悪くて申し訳ございません……」

ダンスの先生を務めているのは、プティ公爵の妻のアデルという初老の女性だった。彼女はダンスが得意で、若い頃は舞踏会で踊るたびに、その場に居た全員が、彼女に見惚れていたという話はあまりにも有名だ。

彼女にダンスの授業をつけてほしいという令嬢は多い。しかし、謙虚な彼女は人様にお教えできるレベルではございませんと全てを断ってきたが、エクトルの頼みを受け、今回メロディの先生になってくれたのだった。男性役を務めるのは、アデルの孫娘のクラリスだ。

彼女はレリアと同じ歳なのでとても緊張したが、レリアとは違ってとても穏やかな性格の持ち主で、すぐに打ち解けることができた。

「いいえ、とんでもございません。昨日から始めたのですもの。上手くできないのは当然のことですわ」

「そうですよ。落ち込まないでくださいね」

アデルとクラリスは優しいからそう言ってくれるけれど、出来以前にあまりにも体力がなさすぎる。力仕事をしていたから体力には自信があったのに、こんなに動けないとは思わなかった。

「ありがとうございます……あの、基礎体力をつけるには、どうしたらいいのでしょうか……」

「そうですわね。メロディ様はかなりお痩せですので、まずは栄養のあるものを召し上がって体重を増やして、日常に軽い運動を取り入れるといいと思いますわ」

「階段の上り下りはどうでしょうか？　結構汗をかきますよ。おばあさまはどう思う？」

「そうね。わたくしも階段の上り下りはいいと思うわ。あ、上の方は落ちたら危ないので、下の方で行ってくださいね。それからヒールのない靴で」

「どれくらいの時間、行ったらいいでしょうか？」

「短い時間から始めた方がいいと思いますわ。初めは十分、徐々に体力がついていくと思いますから、一日ごとに一分ごと時間を増やしていくというのはどうでしょう？」

「ありがとうございます。今日から早速試してみます」

「あまりご無理なさらないでくださいね。ダンスだけでなく、他のことも。少しずつでも前進できればいいのですよ」

アデルには何もかもお見通しのようだった。

「はい……」

そう、メロディは焦っていた。ダンスだけでなく、他の授業も上手くいかないことばかりだった。

エクトルの妻となる人間が、王子妃、次期王妃になる人間が、こんなに出来が悪くていいわけがない。

早く遅れを取り戻さなくてはと気持ちは焦るのに、結果がついてこないとさらに焦っていた。

左手の薬指には、少し前にエクトルから貰ったダイヤの婚約指輪が光っている。傷は治ったものの、肉がまだついておらず、指はかなり細くて立派な指輪には不釣り合いだった。

見た目だけじゃない。中身も不釣り合い……もっと、頑張らなくてはと自身に気合いをかけ、立ち上がった。

「アデル様、クラリス様、続きをお願いします！」

◆◇◆

すべての授業を終えたメロディは夕食を取り、自室の傍でアデルとクラリスに勧めてもらった階段昇降を行うことにした。

「メロディ様、ご無理なさらないでくださいね」

「ありがとう」

侍女のファニーが気を遣って、タオルや水をくれるのがありがたい。

「はあ……はあ……」

まだ初めて少しなのに、汗だくだった。今日受けた授業を思い出しながら、昇降を続ける。

これが終わったら、今日の授業の復習をしないと……。

「メロディ」

上からエクトルの声が聞こえ、心臓がドキッと跳ね上がる。

「エクトル様！」

「何をしてるんだ?」

「あ……これ……は……はぁ……はぁ……はぁ」

「大丈夫か?　落ち着いてからでいい」

「メロディ様、お水をどうぞ」

「あり……がとう……」

ファニーから水を受け取り、ごくごく飲み干す。それでもまだ呼吸が落ち着かないメロディの背中をエクトルが擦った。

「すみません。ありがとうございます。体力をつけるために、軽い運動をしているんです」

「ああ、なるほど。後、どれくらいだ？」

「えっと、残り三分ぐらいです」

「じゃあ、俺も一緒にやろう」

「えっ！　エクトル様もですか？」

「一人で運動したいか？　それなら後ろで見ているが」

「い、いえ、とんでもないです。じゃあ、三分間お願いします」

「ああ、よろしく頼む」

エクトルと並んで、同じ速度で階段を昇降する。

「授業、すごく頑張っているみたいだな。各教師から話は聞いているぞ」

「はい、頑張ってはいるつもりなんですが……ものすごく出来が悪く……て、すみません……」

動き出すとすぐに息切れが始まるメロディとは相反して、エクトルは全く息が乱れていない。

「そんなことはない。メロディは自分に厳しいんじゃないか？」

「い、いえ……はぁ……普通で……す……はぁ……はぁ……っ」

「自覚がないのか。じゃあ、メロディが自分に厳しい分、俺がたっぷり甘やかしてやらないとな」

眩しい笑顔を向けられ、心臓が大きく跳ね上がった。

私、今日心臓に負担をかけすぎだわ。死んじゃうんじゃないかしら……。

エクトルと並んで運動しているうちに、お腹の奥が疼き出す。

あ……私、また……。

あれから二週間、メロディは毎夜エクトルと肌を重ねていた。こんなことは恥ずかしくて口が裂けても言えないけれど、その時間を楽しみに待ってしまう自分がいる。

「エクトル……様……はぁ……はぁ……お食事……は……」

「政務をしながら食べた。メロディは？」

「は、い……頂きまし……はぁはぁ……た……っ」

「あ、すまない。苦しいな。終わるまで無言でいよう」

息切れに疼きまで加わったメロディは、返事をするのが辛くて頷くだけにとどめた。

「三分経ちました。メロディ様、エクトル王子、お疲れ様でした。タオルと飲み物をどうぞ」

「ありが……とう……」

「俺は大丈夫だ」

メロディは酷い息切れと大粒の汗を流していたが、エクトルは息切れもしていなければ汗もかいていなかった。

私、本当に体力がないのね……！

「お部屋の入浴のご用意はすでに整っておりますが、いかがなさいますか？」

「ええ、お願い……」

「あ、俺もまだだ。一緒に入ろう」

「…………っ⁉」

耳を疑った。

え、一緒に……一緒にって仰った⁉

「では、エクトル様の着替えもご用意しておきますね」

「ああ、さあ、メロディ行こう」

「えっ！　ええっ⁉」

混乱するメロディの手を取り、エクトルはメロディの部屋まで向かう。

聞き間違い……ではないわよね？　一緒にって……一緒に入るって、裸で、二人で……ってことよね!?

メロディは何も話すことはできなかったが、運動後で息が切れているのだろうと気を遣って、エクトルはそのことについて何も言わない。

部屋に着くとふわりと薔薇のいい香りがする。バスタブのお湯に入れたオイルの香りが部屋の中まで流れてきているようだ。

エクトルはメロディの手を握ったまま、バスルームに入った。

ど、どうしよう。本当に二人で入る気なんだわ。

途端にいつもは気にならないバスルームの照明の明るさが気になり始める。

こんなに明るい所で、エクトル様と裸で……!

ファニーはメロディの着替えとタオルの隣に、エクトルの分も素早く用意した。

「メロディは俺が洗うから、ファニーは休んでいい」

「…………っ!?」

洗う!? え!? エクトル様が、私を……!? 一緒に入るだけでなく、私を洗うの……!?

「かしこまりました。それでは、失礼致します」

驚くメロディを残し、ファニーは素早く部屋を出て行く。

行ってしまうの!? 本当にエクトル様と一緒に入浴するの？ 洗っていただくの？

狼狽しているとエクトルが服を脱ぎ出したので、メロディは慌てて顔を背けた。

ほ、本当なんだわ……！

エクトルに背中を向け、ドキドキしながらボタンを外していく。するとすでに脱ぎ終わった彼が後ろから手を伸ばしてきて、残りのボタンを外した。

「手伝う。ん？　どうして後ろを向いているんだ？」

「は、恥ずかしくて……」

「ふふ、そうなのか？」

「エクトル様は平気なのですか？」

「いや、恥ずかしい。だが、自分がそう感じることも、恥ずかしがってるメロディを見るのも好ましく感じる」

「え、えぇ……」

ドレスが足元に落ちる音が、やけに大きく聞こえてドキドキしてしまう。

続いてパニエとドロワーズも落ちた。ストッキングぐらい自分で脱ごうと思っていたら、結局はエクトルが脱がせてくれる。

「すみません。私、何もしてなくて……」

「気にするな。俺がこうしたいんだから」

コルセットの紐に、長い指がかかる。

少しずつ緩められていくと空気が入り込んできて、運動とそれから別の意味で火照って汗ばんだ身体が冷えて心地いい。

「緩め終わったぞ。両手をあげてくれ」

「は、はい」

両手を上げてコルセットを引き抜かれると、豊かな胸がぷるりとこぼれる。

あ……。

まだ胸には少しも触れられてもいないのに、先端は触れてほしそうに赤く染まり、ツンと尖っていた。お腹の奥は先ほどよりも疼いていて、花びらの間がじんわりと濡れてきたのがわかる。

うう、恥ずかしいわ……。

「よし、入るか」

エクトルに腰と肩を掴まれ、くるりと前を向かされて顔がカッと熱くなる。

見られるのも、彼の身体を見るのも恥ずかしい。

メロディは両手を交差させて胸を隠すが、あちこちからこぼれてとても扇情的な姿になっていた。

「あ、髪をまとめないと」

身体を隠したいけれど、髪をまとめるには両手が必要だ。

メロディはファニーが用意してくれていた髪留めを手に取り、両手を後ろに回して髪をひとまとめにしようとするが、なかなか上手くいかない。

「あ、ら……？」

ファニーは簡単そうにまとめていたのに、私には難しいわ。

手を動かすたびに豊かな胸が上下にプルプル揺れ、エクトルはそこから目が離せずにいた。

ようやく髪をまとめてまた胸を隠すが、もうしっかりと見られた後だ。

「お待たせしました」

「あ、ああ、入ろう」

「きゃっ！」

エクトルはメロディを抱き上げると、そのままお湯に浸《つ》かった。

向かい合わせに座らされてしまったので顔がとても近く、身体が密着していて、エクトルの大きくなった欲望がお腹に当たっていた。

「あ……エクトル様、その……」

「ん？」

何も知らない頃なら素直に言えただろうけれど、もう知っているから気軽には聞くことはできない。

「な、なんでもございません」

早く受け入れたいと主張するように、お腹の奥がますます激しく疼き始めた。

「……っ」

あまりの疼きに腰を動かしてしまうと、エクトルが両方の臀部を包み込むように掴んでくる。

「ぁ……っ……エクトル……様？」

「さっき後ろから見ていて思っていた。可愛い尻だ」

揉まれるたびに肉が引っ張られる。位置によっては膣口近くの肉が引っ張られ、じれじれとした快感が走った。

「ん……ぁんっ……そ、そんな変なところを、ご覧になっていたんですか？」

「変なところじゃない。魅力的なところだ。メロディはあちこち魅力的なところだらけだから、目移りして困ってしまった」

「そんな、私、魅力的なんかじゃ……」

「謙遜するな。メロディはとても魅力的だ」

照れくさくて目を合わせないようにしていたら、唇をチュッと吸われた。

「んっ」

「この柔らかくて赤い唇、顔を合わせるたびに吸い付きたいのをいつも我慢しているのを知っているか？」

「ん……んんっ……」

ちゅ、ちゅ、と唇を吸われるたびに、声が漏れてしまう。臀部も同時に触れられ、膣口がヒクヒク収縮を繰り返す。

「それにその声、愛らしくて堪らない……」

誘うように開いた唇の間から、長い舌が差し込まれた。

エクトルの舌はとても器用で、メロディの咥内で別の生き物みたいに動く。頬の内側や口蓋、あちこちなぞられるとゾクゾクする。

「んぅ……んっ……んん……」

メロディもエクトルの真似《まね》をして動かしてみるけど、ぎこちない。それでも頑張ってみようとするが、快感に夢中で動かせなくなってしまう。

大きな手が豊かな胸を包み込み、淫らに形を変えながら尖った胸の先端を手の平で捏《こ》ねくり回した。

「この大きい胸も、ずっと触れていたくなるぐらい魅力的だ。柔らかくて、でも張りがあって、吸い付くような感触が好きだ」

「ぁ……んっ……」

赤い唇を堪能し終えたエクトルの唇は、今度はメロディの耳元に移動する。低い声で囁《ささや》くように話されると、ゾクゾクして堪らない。

バスルームは寝室よりも声が響いて恥ずかしい。

ファニーを下がらせてくださってよかった……こんな声を聞かれたら、もう顔を合わせられなくなってしまうわ。

「それから、この小さくてかわいいここ……」

エクトルが胸から片方の手を外し、花びらの間にある粒を指の腹で撫で転がし始めた。甘い快感が襲ってきて、メロディは一際大きな声で喘ぐ。

「あぁっ……！　ん……そ、そこ……は……ぁんっ……あぁっ……」

「こんなに小さいのに、すごく敏感で可愛い……知ってるか？　こうして撫でると、パンパンに膨れて、硬くなる。悦《よろこ》んでくれているのがわかって、嬉しい。指で触るのも、舌で舐めるのも好きだ……」

「ぁ……んんっ……き、きちゃう……ぁっ……ぁっ……あぁぁっ」

足元からゾクゾクと何かがせり上がってきて、触れられて間もないというのにメロディは絶頂に達した。

「ふふ、ほら、すごく敏感だ。俺もここを触るのが好きだが、メロディも弄られるのが好きだよな？」

メロディは絶頂に痺れながら、コクリと頷く。

「それにいつも甘い蜜を溢れさせて、俺を受け入れてくれるここ……」

敏感な粒を可愛がっていたエクトルの指が、その後ろにある膣口を撫で、ゆっくりと根元まで差し込んだ。

「は……んんっ……」

「ヌルヌルで、ふかふかで、すごく締め付けてきて……ここに挿れると頭がおかしくなりそうなぐらい気持ちよくなれる」

何度も身体を重ね、エクトルはメロディの弱い場所を熟知していた。そこで指を曲げてグッグッと押されると、強い快感が襲ってくる。

「あぁ……っ……は……んっ……ぁっ……あぁぁっ……！」

「ふふ、可愛いな……ああ……メロディ、キミの中に入りたい……」

エクトルはメロディの手を掴むと、自身の大きくなった欲望を握らせた。

あ……エクトル様の……！

とても大きいことはわかっていた。でも、こうして触れると、見る以上に大きい気がする。こんなにも大きなものが、自分の中に収められるというのがとても不思議に感じて、そして同時に早く奥まで満たしてほしくなった。

「ん……っ……ぁっ……あぁ……っ……エクトル様……きて……ください……お願いします……ぁんっ……あぁっ……」

もう少しで達しそうなところで指を引き抜かれ、切なさのあまりメロディの眦からは涙がこぼれた。

「メロディ、腰を浮かせられるか？」

「は……はぃ……」

メロディはエクトルの肩に両手を突いて、震える膝に力を入れて腰を浮かせた。すると彼は欲望の根元を掴み、蜜で溢れた膣口に宛がう。

「ぁ……っ」

「いい子だ……ゆっくり腰を落として……」

「ん……ぁ……っ……は……ぅ……っ……んん……」

言われた通りに腰を落としていくと、エクトルの欲望がゆっくりと膣道を埋めていく。あまりにも気持ちよくて、全身の毛穴がぶわりと開く。

「エクトル様……んっ……気持ち……ぃ……ぁ……っ……」

「ふふ、まだ半分までしか入ってないぞ?」

「は……ぃ……んっ……ぁ……」

膝がガクガク震える。一気に入れたら、あまりの快感におかしくなってしまうかもしれないから、ゆっくり受け入れたい。

そう思っていたのに、また少し腰を落としたところで力が抜けて座り込んでしまい、一気に根元まで呑み込んだ。

「ひ……ぁっ……あぁっ!」

待ち望んでいた来訪者を抱きしめるように、膣道がギュッと強く締め付けた。

奥まで届いた瞬間に足元からものすごい速さで絶頂が駆け上がってきて、メロディは再び絶頂へと押し上げられる。

「ん……っ……ぁ……驚いた……まさか、一気に来るとは思わなかったぞ」

「ち、ちが……っ……そんなつもり……じゃなくて……は……ぅ……んん……」

絶頂に痺れて、上手く言葉が紡げない。頭がぼんやりして、繋がっているところばかり意識してしまう。

あれ、私、何を言っていたのだったかしら……。

「ふふ、危なく果ててしまうところだった……」

エクトルはメロディの腰を掴むと、深く唇を奪いながら、下からまだ絶頂に痺れている蜜壺を激しく突き上げた。

「ん……っ……んん……ふ……んぅ……む……ん……んんっ……ふ……んんん……っ！」

エクトルの動きに合わせて水面が揺れ、バスタブからバシャバシャと大きな音を立てながらお湯が溢れる。

「ああ……なんて締め付けだ……一滴残さず、搾り取られてしまいそうだな……」

「エクトル……様……ぁんっ……は、激し……んっ……ぁっ……ぁんっ……！　んんっ……ぁっ……あぁっ……」

激しく突き上げられると、自分が自分じゃなくなりそうになる。それに体重がかかっているせいか、いつもより深くエクトルを感じる。でも、どちらも心地よくて堪らない。

「辛いか？」

メロディは甘い声を上げながら、首を左右に振った。

「んっ……ぁ……んんっ……辛く……ないです……んっ……だから……ぁんっ……も、もっと……もっとしてください……」

エクトルの首に手を回し、メロディは必死に懇願した。

「そんな可愛いことを言われたら、本当に激しくしてしまうぞ？　それでもいいか？　というか、もう止められない」

さらに激しく突き上げられ、赤い唇からは甘い嬌声が溢れた。

「あっ……あぁっ！　んっ……ぁんっ！　あぁんっ！　エクトル様……んっ……気持ち……ぃっ……ぁんっ！　おかしくなっちゃ……ぁあっ……んっ……はぁ……んっ！」

「メロディ……キミの魅力的なところは、外見ばかりじゃない。努力家なところが……素敵だ……それから、自分に厳しいところも……」

エクトルはメロディの耳元で、息を乱しながら語る。彼女はその言葉を少しも取りこぼさないように、耳に集中した。

「ん……エクトル……様……ぁんっ……あぁ……っ」

「もう少し自分を甘やかしてほしいが、できない不器用なところも……愛おしい。それに自分がどんな大変な状況でも、犬を助ける優しいところも……それから普段は清楚《せいそ》に見えて、俺の前ではこうして乱れてくれるところも……キミは中身と外見、全てが魅力的な女性だ……」

エクトルの言葉が胸の中に落ちてきて、心全体に広がっていく。

この気持ちは——……何？

「ぁ……っ……んんっ……エクトル……様……エクトル様……」

エクトルの名前を呼ぶたびに、胸の中が温かくなる。

この気持ちは、一体なんだろう。

「ああ……メロディ……もう、果てそうだ……受け止めてくれ……」

「ん……ぁ……っ……エクトル……様……来てください……ぁっ……ぁっ……あぁっ……あぁあぁっ！」

メロディの最奥でエクトルが情熱を弾けさせた瞬間、彼女もまた快感の高みへ昇った。

気持ちの正体を知るどころか何も考えられなくなり、感じすぎて立てなくなってしまったメロディは、エクトルに全身を洗ってもらうことになってしまったのだった。

◆◇◆

二週間後、メロディは王城を出て、馬車でオベール伯爵邸に向かっていた。

マナーを身に着けるのは実践が一番ということで、教師のローラン伯爵夫人の友人であるオベール伯爵夫人が主催するお茶会に参加することになったのだ。

緊張のあまり胃が痛み、冷や汗が出てくる。

「メロディ様、大丈夫ですわ。授業では完璧でしたから、自信を持ってください」

「は、はい、頑張ります」

まさか私が、こうしてお茶会に参加することになるなんて……。

少し前の自分が今の自分を見たら、とても驚くことだろう。

「メロディ様、ローラン伯爵夫人、ようこそいらっしゃいました。わたくしはヴァイオレット・オベールと申します」

「本日を楽しみにしておりましたわ。オベール伯爵夫人」

「……っ……初めまして、メロディ・モリエールと申します。本日はお招きいただき、ありがとうございます」

片足を斜め後ろに引き、背筋を伸ばしたままドレスの裾を持って膝を軽く折って挨拶をした。

「お会いできるのを楽しみにしておりました。まあ、なんてお美しいのかしら。銀色の髪が綺麗……まるで月の妖精のようですわ」

「い、いえ、そんな……」

エクトルに助け出されてから一か月、メロディの容姿は見違えるように変わった。

毎日染粉を振りかけてパサパサだった髪は、毎日の手入れで艶《つや》やかになった。骨と皮しかなかった身体には肉が付き、青白かった肌には赤みが差している。手のあかぎれや乾燥はすっかりよくなり、傷跡も薄くなってきた。

軽く化粧もし、美しいドレスに身を包んだメロディは、もうモリエール伯爵家に居た頃の彼女の姿ではない。立派な令嬢だ。

長年周りから容姿を貶され続けてきたメロディは、自分が綺麗だとは思えないが、以前の自分とあまりにも違うので、毎日鏡を見るたび本当に自分なのかと疑ってしまう。

席に案内されたメロディは、腰を下ろしてドキドキする左胸をそっと押さえる。

ここまでは大丈夫かしら……。

ちらりとローラン伯爵夫人に目を向けると、にっこり微笑んでくれた。問題なかったようで、ホッと安堵《あんど》の溜息《ためいき》を零す。

メロディたちが一番早く到着したので、令嬢や夫人たちが次々とやってきた。全員が席に着いたところでお茶会が始まり、場は和やかに進んでいく。

「メロディ様、もうお加減はよろしいのですか？　ずっとお身体が弱く、お部屋から出られなかったと伺いましたが……」

「あ……」

メロディが虐待されて育ってきたことは、まだ公表していない。表立った話にするか、隠し通すか、エクトルはメロディの意思を尊重してくれると言っていた。

メロディは世に知らせたいと話した。今まで自分にしてきた仕打ちをなかったことになんてしたくない、と。

エクトルと話し合った結果、モリエール伯爵家から爵位を取り上げた後に公表しようということになった。

なのでメロディが虐待を受けてきたことを知っているのは、親しい関係者のみだ。

「そんなことよりも、素敵な扇ですわね。新調しましたの？」

ローラン伯爵夫人が間に割って入った。彼女もまた、メロディの事情を知っている。

「ええ、今年の婚約記念日に主人が」

「えっ！　婚約記念日って……ご結婚されてから十年は経っていらっしゃいますよね？　婚約した日を今もお祝いしていらっしゃるんですか⁉」

「うふふ、そうなんですの。私の夫は何かと記念日を作るのが大好きで、婚約記念日の他に、初めて手を繋いだ記念日、初めてデートをした記念日……と色々ありまして」

「まあ！　素敵ですわー！」

ローラン伯爵夫人のおかげで話題を逸らすことができた。

ありがとうございます……！

後で忘れずにお礼を伝えなければ……と思いながら、ふと一つ空いている席に目が行った。

どなたか来られなかったのかしら。

「お茶のお代わりはいかがでしょうか？」

「あ、いただきます」

オベール伯爵家の侍女が、お茶がなくなった絶妙な時に声をかけてくれる。注いでもらったばかりのお茶を口にしようとしたその時――。

「皆様、遅れてごめんなさい。途中で馬車の車輪がぬかるみにはまってしまって、時間がかかってしまいました」

――え……⁉

心臓が嫌な音を立てる。

忘れもしない。間違えるわけがない。この声は――。

「まあ、レリア様、お怪我《けが》はございませんでしたの？」

「ええ、大丈夫ですわ。それよりも皆様をお待たせするのが申し訳なくて……本当にごめんなさい」

空いた席に座ったのは、レリアだった。

どうして⁉

レリアと顔を合わせたくなかったから、彼女が欠席することを確認して出席することを決めたお茶会だった。それなのに、なぜ彼女がいるのだろう。

「メロディお姉様、お久しぶりです。こんなに長い期間離れるのは初めてだったので、とても寂しかったですわ」

にっこりと微笑みかけられるとゾクゾクと悪寒が走り、メロディは持っていたカップを落としてしまった。

「あ……っ！」

「メロディ様！　大丈夫ですか⁉　火傷は……」

隣に座っていたローラン伯爵夫人が席を立ち、後ろで控えていた侍女が駆け寄ってきた。

「わ、私は大丈夫です。でも、テーブルを汚してしまいました……申し訳ございません」

カップが割れてなかったのは不幸中の幸いだったが、テーブルクロスは大きな染みができ、皿の上に綺麗に並べてあったお菓子も台無しにしてしまった。

「そんなことはお気になさらないでください。火傷をされていなくてよかったですわ。ああ、ドレスも汚れてしまいましたわね。どうしましょう。我が家にはわたくしのドレスしか用意がなくて、メロディ様とは体形も違いますしサイズが合いませんわね」

テーブルを台無しにされたのにも関わらず、オベール伯爵夫人はメロディの心配をしてくれた。

「またの機会に参加させていただくということで、メロディ様、今日のところは帰りましょう」

ローラン伯爵夫人の提案に、メロディは心から安堵した。

「はい、オベール伯爵夫人、申し訳ございませんでした」

「とんでもございませんわ。近いうちにお茶会を開きますので、またいらっしゃってくださいね」

「ええ、ありがとうございます。それでは皆様方、失礼致します」

サロンを後にすると、ため息がこぼれた。

「メロディ様、申し訳ございません。レリア様は不参加の返事を出したと聞いたので、オベール伯爵夫人主催のお茶会を選んだのですが……」

「いいえ、とんでもない。私の方こそ台無しにしてしまいまして申し訳ございません……」

「それは大丈夫ですよ。あの方は、そのようなことで気分を害される方ではありませんから。それにレリア様とは過去にあんなことがあったのですもの。動揺なさっても当然のことですわ。本当に申し訳ございません……」

「どうか謝らないでください。悪いのは私ですから」

オベール伯爵夫人にレリアとの確執を伝えていれば、レリアが急に参加することになったとわかった時点で連絡を貰えるはずだった。内緒にしておいてほしいとお願いしたのはメロディだ。ローラン伯爵夫人は何も悪くない。

「あ……っ……メロディ様、出発する前にお化粧室へ行ってきてもよろしいでしょうか?」

「ええ、もちろんです」

「馬車の中でお待ちくださいね。すぐに戻りますので」

「わかりました。急がなくて大丈夫で……」

言い終わる前に、ローラン伯爵夫人は早歩きで化粧室へ向かった。

きっと急いでくれそうね……申し訳ないわ。

馬車に向かって歩いていると、後ろから足音が近付いてくる。もうローラン伯爵夫人が帰ってきたのだろうかと振り向いたら、そこに立っていたのはレリアだった。

「……っ」

喉がヒュッと鳴って、声が出ない。

「驚いたわ。貴族のお茶会に、汚いどぶねずみが混じっているんですもの」

成長期に満足な食事を取れなかったメロディは、二つ年下のレリアよりも背が小さかった。

レリアは顔色を変えずにメロディに近寄り、彼女を見下ろす。

「なぁんてね。本当は今日参加する予定はなかったんだけど、そのどぶねずみを見に、わざわざ予定を変えてきたのよ」

私が参加するって知って、予定を変えたのね。

「何？　そんな着飾っちゃって。全然似合ってないのよ。いくら着飾っても、あんたは変わらない。その証拠にドレスにできた染みを見てみなさいよ。汚いあんたにお似合いだわ」

「……っ」

汚れた部分を隠すように手で覆うメロディを見て、レリアは満足気にクスリと笑う。

「頑張って貴族令嬢のマナーを習ったの？　全然駄目じゃない。それで王子妃なんて笑わせてくれるわね」

足をギュッと踏まれ、メロディは顔を歪めた。

「痛……っ」

「エクトル王子、なんてお可哀相なのかしら。こんな下劣な女が妻になるだなんて……ふふっ」

エクトル様は、お可哀相……。

遠くから足音が近付いてくるのが聞こえた瞬間、レリアは足を退けて踵《きびす》を返した。

レリアの足はもう乗っていないのに、メロディはローラン伯爵夫人が帰ってくるまで、凍り付いたようにその場から動けなかったのだった。

た。

◆◇◆

城に帰ってきたメロディは着替えを済ませ、時間が空いたので犬たちが過ごす部屋に来てい

ブローチに選ばれたばかりに、エクトルはメロディを妻にしなければならない。

令嬢として不出来な自分を妻にしなければいけないなんて、レリアの言う通り彼は本当に気の毒だ。そんな気持ちでいっぱいになりながら部屋の扉を開けると――。

「えっ！　きゃっ……！　ルイーズ、ノアまで……なになに？　一体どうしたって言うの？　あはっ！　ふふ、くすぐったいわ」

犬たちが二匹とも扉を開けると同時にメロディに駆け寄り、すぐに飛びついてきて顔を舐めてきたのだった。

ルイーズが右から舐めてくるから左に顔を向けると、今度は左からノアが舐めてきて、どこを向いても逃れられない状態だ。

「あははっ！　もう、駄目よ。こーら、二人ともっ」

二匹に触れていると、身体が温かくなっていくのを感じる。

レリアと話して以来、手や足の指先が氷水に浸けたみたいに冷たかったのに、今はポカポカ

温かい。

「……もしかして、私の元気がないから、慰めてくれているの？」

ふと、母の言っていたことを思い出した。

『メロディ、犬はとても優しいのよ。悲しんでいる人が慰めようとしてくれるの。とても愛おしいでしょう？』

それは、モリエール伯爵家に犬を迎える話になった時、母が話してくれたことだった。

本当かどうか、一生知ることはないと思ったのに、今知ることができるなんて思わなかった。

「……ええ、お母様、本当に……本当に愛おしいです」

小さく呟《つぶや》くと、扉が開いた。入ってきたのは、エクトルだった。

「メロディ？　今頃はオベール伯爵邸に居る予定じゃ……」

「あ……」

エクトルの顔を見ると、涙が出そうになる。思わず顔を背けると、彼が膝を突いてメロディを抱きしめた。

「どうした？　オベール伯爵邸で何かあったのか？」

顔を見ただけで、どうしてわかってしまうのかしら……。

メロディはエクトルの身体を力いっぱい抱きしめ返し、逞しい胸板に額を擦りつけた。

「い、いえ、あの……その、失敗をしてしまって、少し弱気に……」

レリアに会ったことは、言えなかった。だって――。

『エクトル王子、なんてお可哀相なのかしら。こんな下劣な女が妻になるだなんて……ふふっ』

本当のことを自分で言うのは辛い。

「大丈夫だ。失敗をしない人間なんていない」

エクトルは優しくメロディの髪を撫で、背中を叩いてくれる。犬たちもメロディが心配なのか、彼女の周りをウロウロしていた。

「ありがとう。優しいのね。ノアが人見知りなんて信じられないわ。だって、こんなに懐いてくれるもの」

メロディが頭を撫でると、ノアは気持ちよさそうに目を細めた。

「メロディは特別だ。命の恩人だからな」

「え？」

命の恩人？　どうして？

エクトルはキョトンと目を丸くするメロディを抱き起こすと、ソファに座らせた。犬たちも一緒に付いてきて、二人の足元に座る。

「やっぱり覚えてないか。小さかったし、無理もないけどな」

「え？　どういうこと、ですか？　私がいつノアを？」

「俺も、メロディも、それからノアもまだルイーズぐらいに小さかった頃の話だ。俺たちは一度、街外れの森で会っている」

「…………え!?」

驚きのあまり、一瞬言葉が出てこなかった。

えっ……!?　私とエクトル様とノアが？

必死に思い出そうとするが、少しも思い出せない。

「俺とノアは側近を連れて森に遊びに行ったんだ。犬は自然が大好きだって聞いたから、ノアを遊ばせてやろうと思ってな。だが、うっかり引き紐を放してしまって、ノアは森の中に走って行ってしまったんだ。みんなで探したけど見つからなくて、俺は自分が悪いのに泣きそうだった。というか、半分泣いていたんだけどな。その時にノアを抱いて現れたのがキミだ。メロディ」

「私……ですか?」

「ああ、池に落ちて溺れていたのを助けてくれたそうだ。ノアもキミもずぶ濡れだった。後で調べたら、確かに近くに池があったんだ。人間には大丈夫な深さでも、子犬にとっては危険な深さだ。ノアは犬だけど泳ぎが苦手だったから、キミがいなかったら確実に死んでいた。キミは泣いていた俺の頭を撫でて、もう大丈夫よって言ってくれたんだ。とても格好良かった」

「そんなことがあったなんて……ごめんなさい。小さい時の記憶が、朧気《おぼろげ》なんです」

辛い環境の中、母が存命だった時の記憶を思い出すと悲しいから、メロディは思い出さないようにしていた。

そうしているうちに記憶が朧気になり、思い出せないことも増えてきたのだった。きっとこの記憶も、そのうちの一つなのだろう。

「小さい頃の記憶なんだから仕方がない。キミはご両親と遊びに来たと言っていた。側近がご両親の元へ送ると申し出たんだが、大丈夫だと笑って走り去って行ってしまったんだ。あっという間に居なくなってしまって、名前も聞けずじまいだった。でも、俺はあの時から、ずっとキミのことが忘れられなかった。あれからずっとキミのことが好きだったんだ。メロディ」

深い森のような目から、大粒の涙が溢れた。次から次へと溢れて、目の前にあるエクトルの顔が何も見えなくなる。

ブローチに選ばれただけの存在だと思っていた。

エクトルは自分のような出来の悪い女を妻にしなければいけないなんて……と、内心では悲しんでいるのではないかと不安だった。

それなのにずっと好いてもらっていたなんて、あまりにも嬉しくて涙が止まらない。

「メロディ、大丈夫？　すまない。困らせたか？」

メロディは首を左右に振り、エクトルにギュッと抱きつく。

幼い頃のことは思い出せないけれど、再会してから今まで、エクトルの優しさに何度救われたか、何度癒《いや》してもらったかわからない。

自分の中にあった感情の正体が、ようやくわかった。


私は、エクトル様のことが好き――。


「違うんです！　とても嬉しくて……嬉しすぎて涙が……」

「そうか、よかった」

エクトルは安堵した様子で呟くと、メロディをそっと抱き返した。

「ブローチが妻を選ぶという話は知ってはいたが、俺の心にはずっとメロディが居たから、なんとかして回避できないかって考えていた。だが、ブローチはメロディを選んでくれた」

「エクトル様、私なんかを好きになってくださって、ありがとうございます……」

「私『なんか』じゃないだろう？　キミはとても魅力的で、この世で一番素晴らしい女性なんだ」

ちゅっと唇を重ねられると、心の中が温かい何かで満たされていく。

好き——と伝えたい。でも、気恥ずかしくてなかなか口にできない。

エクトル様は、どうして言えるのかしら。

「そうだ。メロディ、キミに見せたいものがあるんだ」

「なんでしょうか」

「俺の部屋に来てほしい」

立ち上がったエクトルが差し伸べた手を取り、メロディは彼の部屋へ向かった。

「ソファに座って、目を瞑って待っていてくれるか？」

「はい」

一体、何を見せてくださるのかしら。

ドキドキしながら目を瞑ると、引き出しを開けて、何かを取り出す音が聞こえた。

「両手を出してくれ」

「こうですか？」

言われた通りに両手を出すと、何かを乗せられた。

「目を開けていいぞ」

「はい……」

そっと目を開けると、そこには一冊の本があった。

「これは……」

それはメロディが大切にしていた本『世界で一番幸せな女の子』だった。真新しいものではない。つぎはぎだらけで、水に濡れた痕もある。

「ああ、前に借りたメロディの本だ。完全に元通りにはできなかったが、本の形に戻すことはできたし、読むこともできるぞ」

本を開くと、確かに読むことができるように修繕されていた。

「こ、これは、どうしたんですか？」

「王立図書館の司書に、修繕の仕方を教えてもらったんだ。かなり手こずって、大分時間がかかってしまったけどな」

「エクトル様が直してくださったんですか⁉」

「ああ、メロディの大切なものだから、俺が直したかったんだ。直しながら読んだが、いい話だな」

直してくださった。もう、二度と元には戻らないと思っていたのに、エクトル様が……エクトル様が自ら……。

「エクトル様……っ！」

メロディは本を持ったまま、エクトルに抱きついた。

「本当ならもっと早くにメロディを見つけて、あんな環境から救い出したかった。そうすれば、この絵本も破かれずに済んだはずだ」

メロディを抱き返す手から、悔しさが伝わってくる。その気持ちがとても嬉しくて、心の中が熱い何かで――ずっとずっと欲しかった何かで満たされていく。

「エクトル様、好きです……大好き……」

気持ちが溢れて、唇から零れた。

ああ、『好き』って、言おうと思って伝えるものじゃないのね。自然と言葉にでるものなのだわ。

「メロディ……」

どちらからともなく唇を重ね、深く求め合った。ドレスの上から情熱的に身体に触れられ、お腹の奥が疼き出す。

どうして？　まだ、夜じゃないのに私、身体が熱い……。

胸元を飾っていたリボンを解かれると、豊かな胸が露わになった。

「あ……っ……エクトル様……夜じゃないのに、いいのですか？　まだ、魔法が効く時間じゃないです……」

なんて……魔法が効いていなくとも、身体は熱くなっているのだけど。

「好き合っている者同士が愛し合うのに、時間なんて関係ない。それに魔法がなくても、俺はいつもメロディを求めている。メロディはどうだ？」

胸にちゅ、ちゅ、と口付けを落とされ、メロディはビクビクと身悶《みもだ》えを繰り返す。秘部はすでに濡れていて、ドロワーズまで滲《し》みていた。

「……っ……私も……ん……っ……エクトル様を……も、求めています……触れていただくと、幸せです……」

「よかった。俺もメロディに触れられるのが、とても幸せだ」

二人とも生まれたままの姿になり、ソファの上でお互いを求めた。メロディの胸にはブローチに付けられた印の他に、エクトルの唇の痕を散らされる。

「ん……ぁ……っ……エクトル様……んっ……私、へ……変です……」

「変って、どんな風に？」

　ツンと上を向いた胸の先端を吸われ、メロディは大きな嬌声を上げた。

「ぁんっ！　ま、まだ……魔法が効いていないのに……身体がすごく……その……んんっ……う、疼いて……あぁ……っ」

「それは魔法の力がなくても、メロディは俺を求めてくれているってことだ」

　胸からお腹にキスをしながら、エクトルはメロディの足に手をかけた。

「ぁっ」

　力が入らない足は、少し触れただけでも簡単に左右に開く。花びらの間は興奮で染まり、甘い蜜で溢れかえっていた。

「ふふ、魔法が効いている時よりも、濡れてるような気がするな」

「や……っ……は、恥ずかしいです……そんなところをご覧にならないで……ぁっ……んんっ……ぁっ……」

　花びらの間に触れられるかと思いきや、エクトルは内腿《うちもも》にちゅ、ちゅ、と吸い付いて、キスの痕を散らしていく。

「メロディの肌は雪のように白いから、痕がすごく目立つな。それに付けたくなる。俺のものという証だ」

「あんっ……エクトル様……んんっ……ぁぁ……っ」

吸われるたびに身体がビクビク跳ねて、花びらの間にある敏感な粒や膣口が切なく疼いた。

まるで、早くこっちに触れてほしいとおねだりしているみたいだ。

「ん……ぅ……っ……ぁ……んんっ……」

魔法が効いてもいないのに、疼いておかしくなりそうだった。腰やお尻が勝手に動いてしまう。

「エクトル……様、そこ……じゃなくて……あの……」

とうとう我慢できず、メロディは瞳を潤ませながらエクトルに懇願する。

「そこじゃなくて、どこだ？」

「……っ……あ、足の、間……」

「この可愛い足の間の、どこだ？」

エクトルはニヤリと唇を吊り上げ、膝にチュッとキスする。知っていてわざと聞いているのだということに、メロディは気付いていなかった。

なんて言えば伝わるかしら。性器？　何か別の名称があったような……ううん、そんなこと口にできないわ。どうしよう。ああ、早く触れていただきたい……。

そうだわ……！

メロディは恥ずかしいのを我慢して、恐る恐る自分の秘部に手を伸ばし、指と指でくぱりと広げた。

「あ……あの、ここに……触れてほしくて……」

するとエクトルの顔が、見る見るうちに赤くなっていく。

「……まさか、そう来るとは思わなかった」

「え？　あっ……！」

エクトルは秘部に顔を埋めると、敏感な粒をしゃぶりながら、ヒクヒク疼く膣口に指を入れて刺激し始めた。

膣道を満たしていた蜜が長い指で掻き出され、静かな部屋の中にぐちゅぐちゅと淫らな音が響き、それがまた二人の興奮を煽る。

「ぁんっ……あぁっ……んんっ……」

指と指の間にも熱い舌が当たって、くすぐったさと快感が同時にやってきた。

「これ以上俺を誘惑してどうするつもりだ？」

「ゆ、誘惑……っ!?　どういうことで……ぁんっ！　ぁっ……あぁっ……き、きちゃう……っ……あっ……あぁぁぁっ！」

足元からゾクゾクと何かがせり上がってくる。それはあっという間に身体を這《は》い上がり、頭の天辺まで貫いていく。

メロディは大きな嬌声を上げて絶頂に痺れた。

「無意識だったのか。可愛いな……メロディ、愛している。俺の手と舌で、たくさん気持ちよくなって」

「ぁ……ぁ……エクトル様……ン……ぁっ……あぁっ……だ、だめ……です……今、触れられては、おかしくなってしま……っ……あっ！　ひんっ……ン……ぁあぁぁっ！」

一度達した後もエクトルは舌と指を休ませることなく動かし続け、彼女は何度も快感の頂点に上り詰める。

エクトルは指一本動かせなくなったメロディの上に覆《おお》い被《かぶ》さると、血管が浮き出るほど大きくなった欲望を膣口に宛がう。

「メロディ、入れるぞ」

「は……………ぃ…………」

喘ぎすぎて呼吸が苦しいメロディは小さな声しか出すことができず、聞こえているか心配で頷くことで答えた。

大きな欲望が、メロディの中をゆっくり押し広げていく。

「ン……っ……ぁっ……あぁぁ……」

身体がブルッと震え、奥まで入れられると気持ちよさのあまり涙が溢れた。

「ああ……キミの中は、なんて気持ちがいいんだろう。メロディも魔法が効いていなくても、気持ちいいか？」

メロディはエクトルの背中にギュッとしがみつき、何度も頷く。

「は、い……気持ち……ぃ……っ……です……」

魔法が効いている時と同じ――いや、それ以上の快感がメロディを包み込んでいた。そう感じるのはきっと、エクトルと心が通じ合っているとわかったから。

奥に当たるたびに声が出て、足元から絶頂の予感がせり上がってくる。

「愛している。メロディ……」

激しく突き上げられ、メロディは大きな嬌声を上げた。

「ぁんっ！　わ……たしも……っ……ン……愛していま……すっ……エクトル様……愛しています……」

愛している――。

言われるのも、言うのも、なんて幸せで満ち足りた気持ちになるのだろう。まさか自分が誰かを愛し、誰かに愛されるなんて日が来ると思わなかった。

さっきとは違う意味で、メロディの眦から涙が溢れる。

「ぁんっ！　ぁっ……あぁっ……んんっ……気持ち……ぃっ……ぁんっ……あぁっ！」

「俺も気持ちいい……メロディ……可愛い……キミはなんて可愛いんだ……」

もう何度目になるかわからない絶頂が襲ってきて、メロディはエクトルにしがみつきながら高みへ昇った。

膣道が強い収縮を繰り返しながらうねり、熱い欲望は最奥で精を放った。一度達しても欲望は硬さを失わず、エクトルは再び動き始める。

「ぁ……っ……エクトル……様？」

「一度じゃ足りない。また、いいか？」

一日に二度もするなんて、初めてのことだった。

「は、はい……ぁっ……んんっ……」

二度もするなんて、どうなってしまうのだろう。今でもおかしくなりそうなぐらいなのに、さらにだなんて……。

ドキドキしながらも、エクトルに身を委ねる。しかし彼は二度どころか、三度、四度とメロディを求めてきて、彼女は最後の方は半分意識を手放していた。

◆
◇
◆

ぼんやりと目を開けると、眠るエクトルの顔が視界に入る。

いつ眠ってしまったのかしら。途中から記憶にないわ……。

ソファに居たはずなのに、ベッドに横になっている。エクトルが運んでくれたらしい。ガウンも着ていたし、汗をかいた身体はさっぱりしていた。

時計を見ると、もう日付が変わる直前だった。

夕食も食べず、入浴もせず、お互いを求め合ってしまった。でも、とても幸せだった。

「はぁ……」

何度もしたから、身体が怠くて堪らない。でも、その怠さが心地よかった。

エクトルの隣でまどろんでいると、夢を見たことを思い出した。

母が亡くなってからというもの、眠ると悪夢ばかり見ていたメロディにとって、久しぶりに「もう一度見たい」と思えるものだった。

とても広い草原でエクトルと一緒に歩いている夢だ。エクトルが日傘を持ってくれて、二人手を繋いで並んで歩き、他愛《たあい》のない話をしながら歩いていた。

二人の先にはノアとルイーズが走っていて、何度も振り返っては走り出す。そんな二匹を見て二人は顔を見合わせ、また笑うのだ。

あまりに幸せで、涙が出てくる。こんなに満ち足りた日が来るなんて、少しも想像できなかった。

ふとベッドの横の机に視線をやると、絵本が置いてあるのが見えた。

「あ……」

怠い身体を起こして絵本を手に取り、ギュッと抱きしめる。

あんなに破かれて、水に濡れていた絵本……修繕するのは本当に大変だったはずだ。政務で忙しい中で、自らの手で修繕してくれたなんて本当に嬉しい。

前から宝物だったけれど、前以上に宝物になったわ。

「メロディ……」

メロディが身体を起こしたことで、エクトルも目が覚めたらしい。

「あ、エクトル様、起こしてしまいましたか？　ごめんなさい」

「いや、そろそろ起きないといけないなと思っていたところだ。夕食もとっていないしな。メロディにはたくさん食べて、肉を付けてもらわないと」

エクトルは身体を起こすと、メロディを後ろから抱きしめた。

「体重を増やすのはもう十分だと思いますよ？」

「まだだ。ほら、腰なんてこんなに細い。腕も足も」

エクトルに腰を掴まれると、くすぐったくて笑ってしまう。

「わかりました。たくさん食べます」

「ああ、それがいい。……絵本を見ていたのか？」

「はい、嬉しくて。エクトル様、本当にありがとうございます。大切にします」

エクトルはメロディの耳元に唇を寄せると、耳朶《じだ》にちゅっと口付けする。

「メロディ、俺がキミを『世界で一番幸せな女の子』にしてみせる」

「！」

「だからメロディは、俺を世界で一番幸せな男にしてくれるか？」

振り返ったメロディは、自らエクトルの唇にキスをする。

「……っ……はい！　絶対に幸せにします」

夕食をとらないといけないと言いつつ、二人は長い間ベッドから動こうとしなかったのだった。

第五章　対決

「メロディ様、緊張なさっていますか?」

「はい、でも、大丈夫です。頑張らなくては!」

「前向きで素晴らしいですわ。メロディ様でしたら、絶対に大丈夫です。成功すること間違いなしですわ」

「ありがとうございます」

エクトルと想《おも》いを繋げてからというもの、令嬢教育を受けるメロディの実力は以前よりも着実に伸びるようになっていた。

ブローチのせいで好きでもなんともない自分を妻にしなければならない。エクトルに迷惑をかけている――という不安が消えたからだろうか。

大切な人に愛されているという自信を付けたメロディは、表情もうんと明るくなった。

レリアに出会って失敗したお茶会から数週間、メロディはオフレ伯爵邸に向かっていた。ローラン伯爵夫人の友人である、オフレ伯爵夫人のお茶会に招待されたのだ。

「メロディ様、本当によろしかったのですか？　レリア様の出席をご確認しなくて……」

「……ええ、大丈夫です。お気遣いありがとうございます」

この前はレリアが出席するかを確認してもらったが、今日はそうしなかった。

欠席だったとしてもメロディが参加すると聞きつければ、彼女はきっと嫌がらせ目的で参加するだろう。

いつまでも、逃げてばかりではいられないわ。

オフレ伯爵邸に到着すると、先にお茶を楽しむレリアの姿を見つけた。彼女はメロディと目が合うと同時に、ニヤリと唇を吊り上げる。

予感はしていたけど、やっぱり出席していたのね。

「オフレ伯爵夫人、メロディ・モリエールと申します。本日はお招き頂き、ありがとうございます」

「メロディ様、来てくださって嬉しいですわ。今日は楽しんでくださいね」

「はい、ありがとうございます」

問題なく挨拶を済ませると、レリアが立ち上がった。

「お姉様、またお会いできて嬉しい！　オフレ伯爵夫人にお願いして、隣合わせの席にしていただいたんです。さあ、お隣にどうぞ」

オフレ伯爵夫人はレリアの話を信じているらしく、微笑ましいと言った様子で柔らかく笑う。

いつもそうだ。レリアの話は、誰もが信じてしまう。

「オフレ伯爵夫人、妹が我儘《わがまま》を言ってしまい申し訳ございません。お気遣い頂きありがとうございます」

「とんでもございません。仲がよろしくて素敵です。私には姉妹がいないので、とても羨ましいですわ」

仲がよろしくて――という言葉に「違います！」とすぐさま否定したくなってしまうけれど、それでは自分の立場が悪くなる。メロディはグッと堪えて、レリアの隣に腰を下ろした。

彼女の顔を見ると、やはり嫌な汗が出る。でも、表情には出さないように努めた。オフレ伯爵家の侍女がお茶を注ぎ、お菓子の希望を聞いて取り分けてくれた。

「お姉様、今日はお茶をこぼさないようにね。この間はドレスを汚して、すぐに帰ってしまわれたでしょう？　私、とっても寂しかったわ」

心配しているように装いながら、わざわざみんなの前で恥をかかせるのがレリアらしい。

「ええ、気を付けるわ。お茶会に出るのは初めてだから、緊張してしまって……」

「メロディ様は、ずっとお身体が弱くて、お屋敷から出られなかったのですものね」

「そうなんです。お姉様はお身体が本当に弱くて……」

メロディに振られた話題を、レリアが奪っていく。

よくもこんなことが言えたものね……！

他の誰かに誤解されているのはいい。でも、レリアがその嘘に乗るのは許せなかった。

「ほら、ご覧になって。お姉様がこんなに細いのも、お身体が弱くて食事が取れないことが多かったからですの。私、いつも心配で……でも、大分調子が良くなったのね。前よりはふっくらしたもの。よかったわ」

息を吐くように嘘を吐くレリアに、我慢の限界を迎えた。

以前なら彼女が恐ろしくて、きっと同意していた。でも、もう以前のメロディとは違う。

メロディはエクトルから貰った婚約指輪にそっと触れた。こうすると彼から勇気を貰えるように感じるから。

「……………ええ、身体が弱い、表向きにはそういうことになっております」

メロディは悲しげに微笑み、紅茶を一口飲んだ。

「な……っ」

レリアが慌てる様子を、メロディは見過さなかった。

「え？　そういうこと……とは、どういうことでしょう」

貴族たちはゴシップが大好きだ。絶対に食いつくと思っていた。

「申し訳ございません。今はまだ口外することができません。ですが、近いうちにお話しすることができると思いますので、それまでお待ちいただけますか？」

「まあ……何かご事情がおありで？」

「お身体は弱くないということ？」

「でも、レリア様は、メロディ様が、お身体が弱いように仰って……」

令嬢や夫人たちがざわめきだすのを見て、レリアがわなわなと震え出す。

「な……っ……何を仰るの！　お姉様！　お姉様は身体が弱いでしょう⁉　だからお屋敷から出られなかった！　本当のことなのに、どうしてそんなことを仰るの⁉」

冷静さを失い、レリアは声を荒げる。

昔のメロディなら、きっと怯えて頷いていた。レリアの言う通りだ。嘘を吐いていたのは自分の方だと言っていただろう。彼女もそれを狙っているに違いない。

「お姉様！」

メロディはビクッと身体を震わせ、涙を浮かべた。父、イリス、レリアにされた仕打ちを思い出せば、簡単に目が潤む。

「や、やめて、レリア……もう、昔みたいに酷いことはしないで……っ」

怯える演技をするメロディの様子を見て、その場がざわめいた。

「これはどういうこと？　レリア様が、メロディ様に何かしたということ……？」

「さっきおかしいと思ったの。わざわざ姉の失敗をこんな場で言うなんて、心配しているというよりも、恥をかかせたいように見えましたわ……」

令嬢たちがヒソヒソ話す声が聞こえレリアはますます焦り出し、彼女は席を立って反論した。

「な……っ……ち、違っ……違うわ！」

「レリア、大きな声を出すのはマナー違反よ。座りなさい」

レリアはものすごい目付きでメロディを睨み、周りの目を気にして腰を下ろした。

「申し訳ございません。あまりにも驚いたもので……お姉様、どうしてそんな嘘を吐くの？　私、悲しいわ……私のことが嫌いなの？」

瞳を潤ませるレリアを見て、場の雰囲気が変わる。

「やっぱり、違うのかしら？」

「どういうこと？」

令嬢たちがヒソヒソ話し、メロディとレリアに注目した。

好きだなんて、嘘でも言いたくない。でも、嫌いだと言い切ってしまえば、レリアの思う壺《つぼ》になる。

「……私はできた人間じゃないから、自分に危害を加える人間を好きになれないわ」

「……っ……危害なんて……何を言って……」

メロディに反抗されるなんて思っていなかったレリアは、顔を真っ赤にして怒りと動揺が隠せていない。

「……あら？　レリア、手が荒れているわね」

「は？　私の手が荒れるわけ……」

メロディは鞄《かばん》の中から、ハンドクリームの入った小瓶を取り出した。手が前みたいに荒れないようにと持ち歩いているのだ。

もちろん昔レリアに貰ったものではない。しかし彼女はぎくりと身体を引き攣らせ、目を見開く。メロディはそれを狙っていた。

「あ……」

性格が悪いことをしているかもしれない。でも、このまま黙っていたら、レリアは確実にまたメロディに攻撃してくるはずだ。

モリエール伯爵家の悪事が露見すれば、レリアは修道院に入ることになるので、社交界に出ることもなくなる。

でも、彼女が何らかの方法を使って貴族と結婚し、再び社交界に現れないとも限らない。ここでもう、攻撃する気が起きないようにしておきたいところだ。

「私、ハンドクリームを持っているの。前に塗ってくれたでしょう？　私も塗ってあげるわね」

小瓶から指でハンドクリームをすくい、レリアの手を取ろうとすると……。

「ひ……っ！　い、いや！　やめてよ！　その汚い手で触らないで！」

レリアはその手を跳ねのけ、弾みでチョコレートケーキの載った皿を引っかけてしまう。ケーキはテーブルの上にこぼれ、レリアのドレスにも落ちた。

「きゃあっ！　やだ、ドレスが……っ」

「レリア、大丈夫？」

「触らないでよ！」

メロディが手を差し伸べると、興奮したレリアがそれを払いのける。

「まあ、なんて酷いの……聞きました？　汚いだなんて……」

「メロディ様、お可哀相……」

令嬢たちの声に耐え切れなくなったレリアは、顔を真っ赤にした。

「……っ……わ、私、気分が悪くなってしまいましたので、今日はこれで失礼します」

レリアはメロディを睨みつけ、ツカツカとその場を後にした。

「メロディ様、大丈夫ですか？」

ローラン伯爵夫人を始め、令嬢や夫人たちが心配してくれる。レリアを追いかけた者は一人もいなかった。

「ええ、大丈夫です」

私、初めてレリアに勝つことができたわ。もう、歯を食いしばって、悔しい思いをしなくていいんだわ……！

それはあまりにも嬉しい体験で、メロディは胸がいっぱいになってしまい、美味《おい》しそうなお菓子をほとんど食べることができなかった。

しかし、周りはメロディが喜んでいるからではなく、レリアに対して傷付いていると受け取り、メロディの知らないところでレリアの評価が落ちていったのだった。

◆◇◆

「あの汚らわしい女……！　許せない……！　許さない……！」

モリエール伯爵家の次女レリアは、異母姉メロディが使っていた物置部屋に入り、持っていたナイフで彼女の使っていた寝具をズタズタに切り裂いていた。

「はぁ……はぁ……はぁ……」

「お嬢様、落ち着いてください」

「黙っていられるわけがないでしょう！　あの女を失脚させるいい案が出せないなら、黙っていて！」

「ひっ」

切り裂いた布を鷲掴《わしづか》みにして、侍女のサーラに投げつけた。彼女はよろけて転び、布の埃が気管に入ったのかむせてしまう。

「痛……っ……腰が……ゲホゲホ……ッ……痛……」

レリアはそんな彼女を気にも留めず、イライラした様子で部屋をうろうろと歩いた。

メロディが家を出て以来、レリアは苛立ちを押さえることができずに、最近はサーラに八つ当たりすることで発散していた。

でも、布を切り裂いても、サーラに八つ当たりをしても、全く気持ちが晴れない。

メロディが大切にしていた絵本を引き裂いた時は、あんなにも心が躍るようだったのに……。

オフレ伯爵邸でのメロディの姿や、やり取りを思い返したら、血管が切れそうなほど腹が立った。

「すました顔して笑っちゃう。……うちで小汚い恰好《かっこう》をして働いていた姿を貴族たちや全国民に見せてやりたいわ！」

　ボロボロの使用人の服を着て、銀色の髪を黒く染めて働いていた時からは想像できないほど美しく着飾っていたメロディ……。

　この前も、今回も、その場でドレスを引き裂き、髪を引っ張ってやりたい衝動を堪えるのに必死だった。

　何よ！　あんなドレスを着て、私に恥をかかせるなんて、許せない……！　許せないわ！　ああ、今度社交界に出る時、どんな顔をすればいいの⁉　私にこんな思いをさせるなんて、メロディの奴……！

　レリアは六歳になる頃、モリエール伯爵家にやってきた。

　私生児として肩身の狭い思いをしてきたレリアは、母イリスから、前モリエール伯爵の妻とその娘メロディのせいで自分たちはこんな思いをして暮らしているのだと言われて育ったせいで、会う前からメロディが憎くて堪らなかった。

　憎しみを表に出しては、メロディに同情がいくかもしれない。表向きはメロディを慕っているように見せ、裏でサーラに協力させて、生まれてきたことを後悔するほどに苛め抜いてやろう。

　幼いながらに考えた作戦は見事成功し、周りはレリアのことを『なんて優しい子』だろうと評価していた。

周りにそう言われるたびに、笑ってしまいそうになる。

裏でメロディを苛めるたびに、胸の中が甘美な感情で満たされていく。何度苛めても飽きない。

自分は将来、名家に嫁いで幸せになるだろう。その時にメロディがどんな顔をするか……想像するだけで胸が躍る。

――それなのに、どうして……⁉　どうしてあの汚い女が、エクトル王子の妻に……未来の王妃に選ばれるの⁉

去年、建国記念日を祝するパーティーに参加した時にエクトルを見て目を奪われ、密かに憧れていた。

いや、この国の年頃の令嬢は、皆エクトルに心奪われ、ブローチに選ばれることを夢見ているのだ。

そのエクトルの妻に、あのメロディが選ばれるなんて、レリアにとってはこれ以上ない屈辱だった。

居ても立ってもいられないレリアは、エクトルがメロディを連れて行ったその日のうちに母に泣きつき、エクトルへの想いを口にした。

イリスも自分の娘ではなく、憎い女の娘がいい思いをするのは許せず、メロディとレリアの立場を交換できないかとダミアンに詰め寄った。

しかし、ブローチに選ばれない限りどうしようもないという答えしか返ってこなくて絶望した。

どうしてあの女が選ばれるの？　私じゃなくて、あの女が……！

ダミアンはメロディを使用人以下の扱いをしていたことを咎《とが》められないかと、毎日イライラして周りに当たり散らしていたが、そんなことはどうだっていい。どうせ罰を受けるのは、父だけだ。

「あぁ……もう、イライラする……！」

メロディが王族の女性だけが身に着けることを許されるティアラを頭に飾り、エクトルの隣に立ち、人々の羨望を集めることを想像したら腸《はらわた》が煮えくり返りそうになる。

メロディを失脚させられるなら、なんでもいい。なんだってしてやる。メロディが自分以上に幸せになるなんて、絶対に許せない！　あの女の苦しむ顔が見られるのなら、悪魔に魂を売ってもいいわ。

自分が居るべき場所に、何の苦労もなく収まっていたメロディが憎くて……あまりにも憎くて、どうしても固執してしまう。

あの女は、不幸でなければならないのよ……！　絶対に！

「……！　そうだわ」

「ゲホ……ッ……お嬢様？」

「ちょっと、ゲホゲホうるさいわよ。静かにして！」

「……っ……も、申し訳ございません」

顔に酷い傷を負ったとしたら、人目に立てるかしら？　エクトル王子も、酷い顔の女を愛せる？

ある企《たくら》みを思いつき、レリアはニヤリと唇を吊り上げた。

「ふふ、色々と準備をしなくちゃね。忙しくなるわ」

◆◇◆

お茶会から数日後、授業を終えたメロディは、いつものように階段昇降をして体力作りをしていた。

最初は少し動いただけでも息が切れてすぐ休憩を取っていたが、だんだん体力が付いてきたみたいで、前より長い時間続けられるし、休憩を挟まなくても大丈夫になった。

「メロディ様、お手紙が届いております」

「ありがとう」

運動を終えて部屋に戻ると、ファニーが手紙を持ってきた。また、お茶会の誘いだろうか。しかし、ファニーの表情は暗い。

どうしたのかしら……。

手紙の差出人を見て、ファニーの表情の意味を理解した。

レリアからだわ……。

そのまま捨てたい衝動に駆られながらも、メロディは開封することを選んだ。

『メロディお姉様へ
お元気にしていらっしゃいますか？　この間はお会いできて嬉しかったです。

今日お手紙を差し上げたのは、お姉様のお母様の遺品を処分するということになったからです。私は止めたのですが、お父様が思い出して辛いと……。

処分すると言ったものを内緒で隠してあります。でも、隠しておけるのは今日の夕方までだと思います。

必要なものがございましたら、今日中に取りに来ていただけますか？

お父様に気付かれては大変なので、一人でこっそり裏口からいらっしゃってくださいね。

レリアより』

お母様の遺品？　全て処分されてしまったと思ったのに、まだあったの？

不審な点が多すぎる。

母が亡くなってすぐに愛人を連れてきたダミアンが、今さら母の遺品が傍にあって辛いなんて思うだろうか。

本当はないのではないかしら……でも、本当にあったら？

今すぐエクトルに相談できたらいいが、今日はあいにく街へ視察に出かけていて、帰ってくるのは夕方だと聞いている。

「メロディ様、差し出がましいようですが、お手紙には何と……？　お心を曇らせるようなことが書いてあったのでしょうか」

ファニーが心配して声をかけてくれる。

「……お父様がお母様の遺品を捨てようとしていたから、レリアが……妹が隠していると。隠しておけるのは今日中で、お父様に気付かれては大変だから一人で来るようにと書いてあったわ」

「まあ……！　でも、メロディ様をお一人で行かせるわけには参りません。私もお供させてください」

「えっ！　ファニーも？」

「一人くらい増えても平気だと思いますわ。ご遺品がどれくらいあるかわかりませんし、たくさんあったら大変だから連れてきたと言えば大丈夫ですわ」

「……っ……ありがとう。心強いわ」

　レリアと対決するのは、もう怖くない。でも、あの家で二人きりで会うのは、過去の記憶を思い出してしまって正直恐ろしかった。

「それから、万が一に備えて、エクトル様にも知らせた方がよさそうですわね。早馬を出しましょう」

「えっ！　わざわざ？」

「当然ですわ。メロディ様に何かあっては大変ですもの。さあ、早速出かける準備を致しましょうか」

「ええ、お願い……」

　ファニーは他の使用人にエクトルへ早馬を出すよう指示し、メロディの出かける準備を素早く整えてくれた。

第六章　壊れたレリア

「お一人で来るようにお願いしたはずですが」

モリエール伯爵邸に着くと、サーラが待ち受けていた。彼女はファニーの顔を見るなり、眉を顰める。

「遺品がどれだけあるか書いていなかったものだから、彼女に付いてきてもらったのよ。一人できてほしいなら、どれくらいの量があるのか手紙に記しておくべきだったわ」

「……それほどまでの量はございません。お付きの方は、馬車でお待ちいただけますか？」

あくまで私と二人きりになることにこだわっているのね。

「私はエクトル王子から、メロディ様のお傍から離れないよう命じられておりますので」

エクトル王子の名前を出されると、サーラはそれ以上何も言えなくなってしまう。

「……わかりました。こちらへどうぞ」

屋敷の中に入ると、気持ちが沈む。

ここには嫌な思い出ばかりだものね……。

「お父様とイリス様は？」

「外出されております」

「そう……」

案内されたのは、メロディが以前使っていた物置部屋だった。中に入ると、窓際にレリアが立っている。

「こんなところに、メロディ様のお母様のご遺品が……？」

ここでずっと暮らしていたと言ったら、ファニーはきっと驚くわよね……。

「レリアお嬢様、メロディを連れてきました」

「な……っ！　なんて無礼な！　メロディ様は、エクトル王子のご婚約者ですよ！　敬称を付けてください」

ファニーが激昂《げきこう》しても、サーラはツンと無視している。

「メロディお姉様、手紙に一人で来てって書いてあったでしょう。サーラ、どうして追い返さなかったの」

「申し訳ございません……」

「全く、使えないわね」

吐き捨てるように呟いたレリアを見て、サーラは俯いて唇を噛む。

おかしいわ……。

前まではサーラにこんなに当たりちらすのは見たことがないし、サーラもレリアを実の娘のように可愛がっていた。

よほど苛立っているのかしら……。

「これは家族の問題よ。外に出ていてちょうだい。サーラ、応接室にご案内して」

「かしこまりました。応接室は下の階です。さあ、どうぞ」

「いえ、私はエクトル王子に、メロディ様のお傍を離れないように申し付けられておりますので同席させていただきます」

「そんなの知らないわ。邪魔なの。早く出て行って」

レリア、どうしたのかしら。

高圧的なのはメロディにだけで、他の人間には身分問わず天使のように優しく振る舞っていた。それなのに今の態度は、前とまるで違う。

「いいえ、同席させて頂きます」

レリアに睨みつけられ、強い口調で退室を促されても、ファニーは一歩も動かなかった。

ファニー、ありがとう……。

「用が済めばすぐに帰るわ。お母様の遺品はどこ？」

軽く見た限り、メロディが家を出た時と変わらないし、遺品があるようには見えない。

「お姉様が私のお願いを聞いてくださったら、お渡しするわ」

レリアはにっこり微笑み、メロディと距離を縮めてくる。顔は笑っているけれど、目は笑っていなかった。

「お願い？」

「ええ、エクトル王子と婚約を解消してほしいの」

「な……っ！　そんなこと、できるわけがないじゃないですか！　レリア様、冗談では済まされませんよ！」

最初に口を開いたのは、ファニーだった。

「冗談なんかじゃないわ。だって、おかしいでしょう？　卑しくて汚らわしいメロディお姉様がエクトル王子の妻になるなんて、次期王妃になるなんて！　婚約解消の仕方がわからないなら、私が考えてあげるわ。そうね、修道院に行くとか、身をくらませるとか、色々あるわよ。私が手伝ってあげる！」

メロディへの嫉妬と憎しみで、レリアは我を失っているようだった。

「嫌よ。それに卑しくて汚らわしいのは、あなたの心よ。レリア」

「はあ……⁉　ふざけないでよ！　酷い侮辱だわ……っ！　あんたなんかが私を侮辱するなんて、許せない！」

レリアが掴みかかろうとすると、ファニーが間に入ってその手を掴んだ。

「おやめください！　これ以上の無礼は許しません！」

「離しなさいよ！　サーラ、何をぼんやりしているの⁉　早くこの女を捕まえなさいよ！　本当に使えないわね！」

「も、申し訳ございません。この前打った腰の調子が……」

「いいから早くしなさいよ！」

「は、はい……！」

サーラがファニーに近づくのを見て、メロディが動く。

「やめて！　ファニーに触らないで！」

「メロディ様、危険です！　お下がりください！」

メロディがサーラから庇おうとするのを制し、ファニーはサーラをかわして窓に向かって走った。

手入れが行き届いていなくて渋くなった窓をなんとかこじ開けると、隠し持っていた笛を吹いた。外に待機している兵に異常があったことを知らせるためのものだ。

レリアは耳を塞いで、首を左右に振った。

「もう、うるさい！　うるさい！　サーラ、さっさと黙らせなさいよ！」

「やめなさい！」

サーラが笛を吹くファニーに掴みかかり、よろけたファニーは転んでしまい、置いてあった棚に頭をぶつけた。

「あ……っ……メロディ……様……お逃げくださ……」

ファニーはメロディに手を伸ばし、そのまま意識を失った。

「ファニー！　なんてこと……」

「サーラ！　メロディを捕まえなさい」

サーラはファニーを抱き起こそうとしているメロディに掴みかかった。

「やめ……きゃっ……！」

以前よりも肉が付いたとはいえ細身のメロディは、体格のいいサーラには敵《かな》わない。腰の上に乗られ、頭を押さえつけられてしまい、動けなくなってしまった。

「……っ」

「やりました！　レリア様！」

息を切らせながら、サーラは喜びを露わにしてレリアに報告する。

った。

「何を言っているの？　やれて当たり前でしょう」

「レリア様……」

褒めてもらえると思ったのだろう。サーラの表情が曇り、メロディにかけられる力が強くなった。

「う……っ……離して……っ」

レリアは扉に鍵をかけると、ゆっくりメロディの元へ戻ってくる。

「うふふ、あんたはそうやって地面に這《は》いつくばっているのがお似合いよ」

「レリア……！」

横目でレリアを睨みつけると、彼女は満足そうに唇を吊り上げていた。

「あんたの母親の遺品なんて、もうとっくにお母様が処分したわ。信じるなんて愚かな女、あんたと片方だけ血が繋がっているなんて忌々しい」

「それはこちらの台詞《せりふ》よ……っ！」

「……っ……メロディのくせに、生意気なのよ！」

手を思い切り踏まれ、メロディは痛みに悲鳴を上げた。

「あぁ……っ！」

「私に楯突《たてつ》くからこうなるのよ。……ねえ、メロディ、その顔が醜くただれたとしても、エクトル王子はあんたを妻に迎えてくれるかしら」

「え?」

レリアはポケットから透明な小瓶を取り出し、左右に揺らして見せる。中には赤い液体が入っていた。

何……!?

「あんたが婚約破棄しないのなら、エクトル王子にしてもらえばいいのよ。……魔法のブローチが選ぶだなんて馬鹿馬鹿しい。そんな変な伝統、私が終わらせてやるわ」

以前、香辛料入りのハンドクリームを渡され、塗ったら激痛が走ったことを思い出してゾッとする。

まさかその液体をかけられたら、皮膚がただれるの……!?

「い、嫌……っ……離して!」

「大人しくしなさい!」

「サーラ、絶対に離しちゃ駄目よ。ふふ、ああ、楽しい」

身体を動かそうとしてもビクともしない。

私、またレリアに痛めつけられるの?

ドクン、ドクンと心臓が嫌な音で脈打った。

「…………っ…………エクトル様――……！」

気が付くと頭が真っ白になって、来るはずのないエクトルの名を呼んでいた。すると扉が勢いよく蹴破られ、入ってきたのは――。

「メロディ！」

「エクトル様……っ！」

エクトルが目の前に現れ、メロディは自分が都合のいい夢を見ているんじゃないかと思わず頬の肉を自身の歯で噛んだ。

痛い――……夢じゃないわ！

エクトルに続いて、外で待機していた護衛の騎士が入ってきた。

「な……っ……どうして、エクトル王子がここに……」

レリアは動揺しながらもポケットに薬を隠し、サッと後ろに下がった。呆然《ぼうぜん》としてメロディを押さえつけたまま動けないでいるサーラは、エクトルに引きはがされる。

「貴様、俺のメロディに触れるな！　メロディ、大丈夫か?」

「エクトル様……」

「もう、大丈夫だ」

ギュッと抱きしめられると、安堵のあまり涙がこぼれる。

また、助けてくださった……。

「エクトル様、ファニーが頭を打ってしまって……」

「すぐに運んで、医師に診てもらおう」

護衛の騎士がファニーを運び出そうとすると、ぼんやりと目を覚ました。

「う……メロディ様は……」

「ファニー！　私のせいでごめんなさい……」

メロディはエクトルから離れ、ファニーに駆け寄る。

「ああ……ご無事でよかった……」

「あなたのおかげよ。ありがとう。ごめんなさい」

「ファニー、よくやった。ゆっくり休んでくれ」

「はい……」

騎士に抱きかかえられたファニーが運ばれていくのを見送っていると、レリアがその場に跪いた。

「エクトル王子、メロディお姉様を救ってくださり、ありがとうございます……！」

「え……？」

レリア、何を言っているの……⁉

レリアは神に祈るように手を組み、潤んだ瞳でエクトルを見上げた。

「なんのつもりだ？」

エクトルに冷たい視線と言葉を投げかけられ、レリアはビクッと身体を震わせる。

「……っ……そこにいるメロディお姉様を襲っていた女は、私の侍女です。彼女は昔からお姉様を疎んでいて、王子妃になるなんて許せないと言っていました」

「レリアお嬢様……⁉　何を仰って……っ」

「でも、まさか、こんなことを仕出かすなんて……私の力では止められなかったので、エクトル王子が来てくださって助かりました。お姉様を助けてくださって、ありがとうございます。お姉様、無事でよかった」

まさかこの期に及んで、自分の保身を図るとは思わなかった。もう、取り返しがつかないところをとうに通り越していると言うのに。

「メロディはそなたからの手紙を貰い、ここへやってきたと聞いているが？」

ファニーが早馬で知らせてくれていたおかげで、エクトルは事情を知っていた。そうじゃなかったとしても、レリアの話は信用しないだろう。

「そ、それは、侍女に脅されたんです！　怖かった……早くその女を捕まえてください！」

レリアがまともな人間だとは思っていなかった。でも、家族のように一緒に暮らしてきたサーラに、全て罪を被《かぶ》せようとするなんて信じられないわ……。

「…………っ……ふざけないでよ……ずっと……ずっと……自分の娘のように思って傍にいたのに……ずっと支えてきたのに……ふざけるな……っ！」

サーラはレリアに掴みかかり、彼女を押し倒した。そのはずみでポケットから小瓶が転がり、サーラがニヤリと笑う。

「きゃあああああっ！　この女を捕まえて！　早く！　早く――……！」

「私を裏切るなんて許さない……っ！」

素早く小瓶を拾って蓋を開いたサーラだったが、騎士に羽交い絞めにされた。すると彼女は起き上がったレリアの顔めがけて、小瓶を投げつけた。

「きゃ……っ……痛……っ……ひっ……ぎゃぁぁぁ……っ！　顔が……私の顔が……っ！　嫌……痛い……痛い……誰か……誰か助けて……！」

顔に液体がかかったレリアの皮膚は見る見るうちに焼《や》け爛《ただ》れ、白く滑らかだった肌は見るも無残なこととなった。

「私を裏切ったこと、鏡を見て一生後悔するといい！　あは……っ……！　あはは……っ！　あははは！」

かつてメロディのすすり泣く声が聞こえていた物置部屋には、レリアの悲鳴とサーラの高笑いが響いた。

◆◇◆

メロディは医師に怪我がないか確認してもらった後、気持ちが落ち着かなくて犬たちのいる部屋に来ていた。

スウスウ寝息を立てる二匹を見ていると、心が温かくなる。

ファニーの怪我は、幸いにも問題はないということだった。

頭を打って気絶してしまったのでとても心配だったが、一時的に脳震盪《のうしんとう》を起こしただけで、たんこぶができただけで済んだそうだ。本当によかった。

何度も謝るメロディに「お気になさらないでください。メロディ様がご無事でよかった」と笑って許してくれた彼女の優しさは、今まで人の悪意に晒《さら》されて生きてきて傷付いたメロディの心を癒してくれた。

ファニーが何か困ることがあれば、自分にできることを全力でしよう。メロディは密かにそう心に決めた。

レリアとサーラはどうなったのだろう。

事後処理が終わり次第エクトルが知らせてくれることになっているが、彼とはまだ会えていない。

まさか、レリアがあんな行動に出るなんて……。

ファニーが早馬で知らせてくれていなかったら、エクトルが来てくれるのがあれより少し遅かったら、想像すると血の気が引く。

両腕を擦っていると、静かに扉が開いた。

「メロディ、ここにいたのか」

「エクトル様！」

犬たちも目を覚まし、メロディと一緒にエクトルに駆け寄る。

「ごめんなさい。落ち着かなくて、ノアとルイーズに一緒に居てもらいました」

「こんな時に一人にさせてすまなかった。ノア、ルイーズ、メロディと一緒に居てくれてありがとう」

褒められた二匹は、嬉しそうに尻尾を左右に動かす。二人はソファに座り、犬たちは足元で丸くなり、また睡眠の続きを取り始めた。

「あの、レリアとサーラは……」

「城の地下牢《ちかろう》にいるよ。レリアは治療したけれど、顔の傷は一生残るそうだ」

「そうですか……」

私の顔に一生傷を残すつもりが、まさか自分がそうなるなんて思わなかったでしょうね。しかも、信頼していたサーラが加害者なんて……。

あれだけ酷いことをされたのに、あの時の出来事を思い出すと胸が苦しくなる。

「……っ……エクトル様、浅はかな行動を取ってしまってごめんなさい。冷静に考えれば、レリアの罠《わな》だとわかったはずなのに……私が何もしなければ、こんな恐ろしいことにはならなかったのに……」

エクトルは俯くメロディの手を握り、髪を優しく撫でた。

「大切な物が処分されると言われたんだから、冷静になれなくて当然だ。それに今回誘いに乗らなかったとしても、あの女はまたメロディに危害を加えようとしただろうことは間違いない。手が込んだことをされる前に捕まえられてよかった。それにあの女が傷を負ったのは、自業自得だ。メロディが気にすることはない」

「……こんなことをお願いするのは心苦しいのですが、どうかレリアにできる限り、痛みを抑える治療を受けさせてはいただけませんか？」

「キミはあの女にあんな酷い目に遭わされてきたのに、情けをかけるのか？　手なんて酷い状態だった。俺が知らないだけで、もっと恐ろしい目にも、痛い目にも遭わされてきたんだろう？」

「…………はい」

　確かにずっと酷い目に遭わされてきた。痛みに苦しむ自分を見て、レリアは笑っていた。でも――……。

「レリアのことは嫌いです。とても許せません。でも、自分と同じ目に遭ってほしいとは思わないんです。ですから、できればお願いできませんか？」

「…………わかった。個人的には痛い目に遭ってほしいところだが、メロディがそう言うのなら仕方がない。メロディの言う通りにしよう。それに俺はキミのそういうところが好きだからさ」

　エクトルはそっと笑うと、メロディの額にチュッと口付けした。

「他に何かしてほしいことはないか？　キミのしてほしいことなら、なんだってしてあげたいんだ」

「ありがとうございます。もう十分です。それよりも、エクトル様は、私に優しすぎます。怒られて当然のことをしたのに……」

「怒ってほしいのか？」

　顎に手をかけられ、メロディは上を向かされた。ちゅっと唇を吸われると、お腹の奥が疼き出す。

　魔法の効果のせいとはいえ、こんな時まで欲情してしまうなんて……。

「ん……っ……そ、そういうわけではないのですが……」

「じゃあ、怒っていないが、怒っている……ということにしようか」

「え、それは、どういうことですか？」

　エクトルは戸惑うメロディを抱きあげて自身の膝の上に座らせ、耳にちゅ、ちゅ、とキスする。

「ぁっ……んんっ……エクトル様？」

「怒っているから、メロディからキスしてくれるか？」

　メロディは思わず笑ってしまい、おずおずと自らエクトルの唇に自分の唇を重ねた。

「こ、これで……いいですか？」

「うん、でも、まだ怒りが治まらないから、もう一回キスしてほしい」

　キスをするたびに「もう一回」と強請《ねだ》られ、メロディは何度もエクトルの唇を奪った。

　やがて触れるだけの軽いキスから、濃厚なキスへと変わり、脱いだ衣服がソファの下へ滑り落ちる。

　犬たちは一度立ち上がると、二人の衣服の上に寝転び丸くなった。その光景はとても愛らしく、見ているとと幸せを感じて、エクトルと顔を見合わせて笑う。

「メロディ、愛している」

肌と肌が触れると、服を着ていないのにとても温かい。なんて幸せなことだろう。

人など信用できない。誰も愛することなんてできない。誰かに愛してもらえることなんてないと思っていたこともあった。

でも、こんなにも愛せる人に出会えて、その人が自分を愛してくれるなんて……そんな奇跡みたいなことが起きるなんて思わなかった。

「私も……私も愛しています……エクトル様……」

もう寒い部屋の中、一人で膝を抱えてすすり泣くことはもうない。温かい腕がメロディを包み込んでくれるのだから。

第七章　幸せな日々

レリアの事件があってから半年――暖かい季節を迎えたランタナ国は、建国記念日を控えていた。

街では一か月間盛大な祭りが開かれ、国外からもたくさんの観光客が訪れる。

「わあ、すごい賑《にぎ》わいですね」

「メロディ、あちらには色々屋台が出ているぞ。行ってみようか」

「はい、行きたいです」

メロディとエクトルはフードを被り、身分を隠して街での祭りを楽しんでいた。彼とこうして出かけるのは、初めてのことだ。メロディはこの日をとても楽しみにしていた。

あれからたくさんのことがあった。

レリアとサーラの一件があってから間もなく、ダミアンが人身売買の組織と取り引きしていたところを現行犯で捕まった。

ダミアンの裁判はレリアとサーラよりも先に行われ、爵位と全財産を没収されたダミアンは、妻のイリスと共に国外追放を言い渡された。

その後レリアとサーラの裁判が行われ、寒さの厳しい国境近くにある村の刑務所へ送られた。そこで生涯、強制労働を義務付けられた。

死刑になった方がましだと言われている刑で、レリアは罪状が決まった時に頭を掻きむしりながら泣き叫んだそうだ。

メロディは彼女が出発する際に、実は少し離れたところから見ていた。

白く滑らかだった肌は赤黒く爛れ、メロディを苛めるたびに輝いていた目は生気が抜けたように濁っていた。

メロディの虐待に加担していた使用人たちも捕まり、彼女が虐待を受けていた八年間をレリアとサーラと同様に、厳しい環境下で強制労働を義務付けられた上、生涯王都への出入りを禁止された。

そしてメロディが幼い頃に世話になり、イリスに解雇された使用人たち、そしてメロディにスープを分けてくれたために解雇されたユーリ……エクトルの計らいで全員と連絡が取ることができた。

皆、それぞれ再就職先を見つけて、幸せに過ごしていることがわかり、涙が出るほど嬉しかった。

幸せだと思うたび、皆はメロディのせいで不幸になっているかもしれない。それなのに自分ばかりが幸せでいいのだろうかと、密かに罪悪感に苛まれていたのだ。

大切な人たちだから、幸せになってほしいわ……。

メロディが皆を心配していたように、皆もメロディを心配していて、モリエール伯爵家から解放され、エクトルの妻になることを心から喜んでくれた。

「何か興味が惹《ひ》かれるものはあるか？」

「色々あって、目移りしてしまっておりまして……」

「そうだな。ここまでたくさんあると迷ってしまう」

たくさんの人たちがいて、皆楽しそうにしている姿を見ていると、メロディも自然と口元が綻ぶ。

ふと、飴《あめ》細工の出店が目に入り、メロディは足を止めた。

店先には様々な形をした飴が並べてあり、キラキラ輝いていて、とても心が惹かれる。

「メロディ、気になるか？」

「あ……はい」

どうしてこんなにも心が惹かれるのかしら。

「お嬢さん、飴細工はいかがかな？　お好きな形を作りますよ。花でも、動物でも、なんでもできますぞ」

足を止めたメロディに気付き、店主の年配の男性が声をかけてくれた。

「何か作ってもらおうか」

「じゃあ、お花を……」

「何のお花にしましょうか」

「えーっと………じゃあ、薔薇をお願いできますか？」

「薔薇だね。すぐにできるからね」

男性は熱して柔らかくなった飴を器用に伸ばしたり曲げたりして、素早く薔薇を形作っていく。

「すごいわ」

「ああ、見事だ」

前にも、こんなことがあったような……。

できあがっていく薔薇を見ながら、メロディはぼやける記憶を探っていた。

あれは――……ああ、そうだわ。

メロディは昔、両親と祭りに来たことを思い出した。右手を握るのは母、左手を握るのは父、二人ともメロディの歩幅に合わせて、ゆっくり歩いてくれる。

色んな屋台や催しものがあり、目を輝かせてキョロキョロするメロディを二人は微笑ましいと言った様子で眺めていた。

『あっ！　お父様、お母様、あれが欲しい！』

『飴細工？　まあ、なんて素敵なのかしら。ね、あなた』

『一つ作ってもらおうか。メロディ、色んな形を作ってもらえるみたいだ。何にする？』

『えっとね……えーっと、お花っ！　昨日お父様がお母様にあげてたお花がいい！』

祭りに来る前の日は結婚記念日で、父が母に薔薇の花束を渡していた。それがとても素敵だったので、すぐ頭に浮かんだ。

『ふふ、薔薇ね』

『じゃあ、薔薇を作ってくれるか？』

「はい、できたよ。まだ熱いから気を付けて」

飴の薔薇を目の前に出され、メロディはハッと現実に帰ってきた。

「メロディ、どうかしたか？」

「い、いいえ、なんでもないです。ありがとうございます。とても素敵です」

「よかった。じゃあ、行こう」

エクトルは店主に多めの代金を支払い、また出店を見て回る。

「エクトル様、ありがとうございます」

「どういたしまして。……作ってる最中、様子が違って見えたけど何かあったのか？」

他の人から見たら、少しぼんやりしている程度にしか見えないはずなのに……。

愛する人が自分をよく見ていてくれることが嬉しくて、胸の中が温かい。この場で抱きつきたくなる衝動に駆られたが、さすがに人前では無理なのでグッと堪えた。

「実は、昔両親とこうしてお祭りに来たことを思い出しました。両親と一緒に手を繋いで歩いて、今みたいに飴細工のお店で、薔薇を作ってもらったんです」

「また、思い出せたのか」

以前までは幼い頃のこと……特に母のことは、頭に靄《もや》がかかったように思い出せないことが多かった。

でも、家のことが片付いてからというもの、メロディはポツポツと小さい頃のことを思い出すようになった。

気持ちに余裕が出たからなのかしら……。

「はい、母のことを思い出せるのは嬉しいんですが、優しかった頃の父を思い出すのはちょっと複雑です。イリスを連れてきてからの父は本当に最低でしたけど、それまではとても優しくて大好きだったので……」

あの頃の父のことは、今でも嫌いにはなれない。

「そうか……」

暗い空気を作ってしまったことに気付き、メロディは慌てて笑顔を作る。

「変な雰囲気にしてしまってごめんなさい。お気になさらないでください。さあ、行きましょうか」

「いや、謝る必要はない。いつも明るくしなくていいんだ。それにメロディのことを誰よりも知りたいから、教えてくれることが本当に嬉しい。これからも教えてほしい」

「エクトル様……」

とうとう我慢できなくなって、メロディはその場でエクトルに勢いよく抱きついてしまう。

その勢いでフードが脱げそうになるのをエクトルが押さえ、その上から頭を撫でる。

「情熱的だな？」

「からかわないでください。恥ずかしいです」

フードで顔が見えないのをいいことに、二人は人目を気にせずその場でキスを交わした。

◆◇◆

「メロディ、一番上から花火を見よう」

「エクトル様、ここは、勝手に入って構わないのですか？」

「ああ、ここは王族が所有してる時計塔だから。ほら、鍵もある。問題はかなり階段を上らないといけないことだな」

花火が始まる三十分前、エクトルはメロディを時計塔に連れて行った。王家が所有していて、王都で一番高い建物だ。

「階段なら自信があります」

体力が付いた今も、メロディは階段昇降を日課にしていた。

「ふふ、そうだったな。途中で疲れたら抱っこしてのぼるから心配しないでいい」

「そ、それはさすがにご迷惑なので、頑張ってのぼりきります！」

「ちっとも迷惑じゃないから気にしないでいい。じゃあ、行こう」

「はい！」

鍵を開けて、時計塔の中を上っていく。

毎日階段昇降で鍛えているとはいえ、時計塔の一番上までは八階以上の高さがあったため、さすがに息が上がってしまった。

「はぁ……はぁ……はぁ……」

「頑張ったな」

エクトルは全く息が切れていなければ、汗もかいていない。彼は幼い頃から今に至るまで、毎朝剣の稽古を欠かしていないらしい。

さすがエクトル様だわ。鍛え方が違うのね。私もいつかエクトル様くらいに……なんて高望みはしないから、今よりも体力を付けたいものだわ。

喉がカラカラで、出店で買っておいた林檎《りんご》ジュースをあっという間に飲み干してしまった。

二人きりなので羽織っていたマントも脱ぎ、ワンピース一枚になる。

頑張った甲斐《かい》もあって、そこから見る景色は絶景だった。真っ暗な空を丸い月が照らし、その下には家や出店の灯《あか》りがキラキラ輝いている。

「なんて美しいの……」

「気に入ってもらえてよかった。あ、そろそろ花火が始まるぞ」

ドンッ！　という音と共に、夜空に大きな花が次々と咲いた。目が奪われ、メロディは瞬きするのも忘れて見入ってしまう。

すごく大きな音、お腹の中にまで響くみたいだわ。

この振動が心地よくて、なぜか懐かしく感じる。

城からも少しは見えていたし、この音も聞いていたけれど、近くで見ると段違いだ。

エクトル様は、どんな表情でご覧になっているかしら。

花火からエクトルに視線を移すと、彼と目が合う。

「ふふ、同時に見てしまいましたね」

「あ、いや、同時に……と言うか……」

「え？」

「………花火よりも、花火に夢中なメロディにずっと見惚れてた」

頬を染めるエクトルは、いつも格好いいのに可愛く見えて、メロディは気が付くと背伸びをして、彼の頭を撫でていた。

「！」

目を丸くするエクトルを見ていたら、ずっと閉まっていた記憶の蓋がパカリと勢いよく開くのを感じた。

幼い頃、両親が森へ遊びに連れてきてくれた。当時読んだ絵本の影響で、メロディが森へ行ってみたいと言い出したからだ。

場所はどこだかわからない。でも、屋敷から馬車で出発し、意外とすぐ到着した気もするから、割と近くなのだろう。

絵本の中の主人公とその妹は、森でクマとオオカミたちと一緒に暮らしていた。幼いメロディは森へ行けば、その登場人物たちに会えるような気がしていた。

当然だが、いるはずがない。フィクションなのだから。

そんなことは幼いメロディが知るわけもなく、彼女は夢中になって探していた。両親とはぐれたことにも気付かず、一生懸命探した。

そうして見つけたのは、絵本の登場人物ではなく灰色の子犬だった。

あ、可愛い！

物心ついた頃から犬が大好きだったメロディは、その犬を夢中になって眺めていた。子犬は蝶《ちょう》を夢中になって追いかけていたが、足を踏み外して池に落ちてしまった。

『きゃん！　きゃん！』

子犬は鳴きながらもがく。泳げないようだ。

『大変！　ワンちゃん、待っていて！』

メロディは深さなど考えずに池に突進していく。

幸いにも子犬が溺れていたのは、彼女の太腿までの深さだったので助かった。子犬は抱き上げるとメロディにギュッとしがみつく。

『もう、気を付けないとだめじゃない！　溺れなくてよかった。うふふ、可愛い。ねえ、あなたのお母様はどこ？』

『…………ノアー……！　ノア…………どこにいるんだ……!?　ノアー……………！』

遠くから、男の子の声が聞こえる。子犬は耳をピクピク動かし、小さく鳴いた。

『あ！　この声の人があなたのお母様なのね。あ、ううん、お父様かしら。今、連れて行ってあげるわ。安心して』

メロディは子犬を抱いたまま、声の聞こえる方に走った。

『ノアー！　ノア、返事して……っ！　お願いだ……！』

声がだんだん近くなっていくが、名前を呼ぶ声がだんだん弱々しくなり、震えていることに気付く。

あ、泣いてる！　急がなくちゃ！

自分の背より大きな草をかき分けて出ると、そこには声の主が立っていた。

金色の髪に、よく晴れた空のような瞳の綺麗な男の子――その子はまるで、絵本に出てきた王子様のような風貌をしていた。

そして涙で濡れた目は、子犬を見ると同時に大きく見開く。

『ノア！』

『あなたがこの子のお父様ね。池に落ちて溺れてたわ。風邪を引かないように、ちゃんと拭いてあげてね』

ノアを渡すと、男の子はノアをギュッと抱きしめた。

たくさん泣いていたのね。無事に見つかってよかったわ。

『エクトル様、よかったですね』

隣に居た男性が、男の子に声をかける。

『ああ……本当によかった……！』

男の子の目からは、涙が次々溢れた。メロディは濡れた手を服の濡れていない部分で拭き、男の子の頭を撫でる。

『もう、大丈夫よ。泣かないで』

『……っ……』

男の子は恥ずかしそうに頬を染め、メロディからサッと目を逸らす。

『お嬢さん、ここへは一人で？』

男性に声をかけられ、メロディは頷く。

『いいえ、お父様とお母様と一緒よ』

『じゃあ、そちらまでお送りします。お礼も伝えたいですしね』

前々から母に、水場に一人で行ってはいけないと言われていた。

お礼を言われたら、池に入ったことが知られてしまう。母は優しい人だが、怒ると怖いのだ。

怒られたくない。

『だ、大丈夫！　一人で戻れるわ！　さよなら』

『あっ！　待って！　俺の名前はエクトル！　キミは⁉　ねえ！』

慌てたメロディは、来た道を走った。

後ろから誰かが追いかけてくる気配があったけれど、草木に隠れながら走っているうちにやがて聞こえなくなり、彼女を探す両親と無事合流できた。

しかし服が濡れていることで水場に行ったことが知られたし、一人で勝手にあちこち歩き回ったこともあり、結局かなり叱られてしまったのだった。

花火のドン！　という音で、メロディは過去の記憶から現実に戻ってきた。

思い出したわ……あの時の可愛い男の子が、エクトル様だったのね。

「メロディ？」

メロディはエクトルの頭から手を離し、その手で頬を包み込んだ。

「あの頃は簡単に届いたのに、今はうんと背伸びしないと撫でることができませんね」

「あの頃って……もしかして、出会った時のことを思い出したのか⁉」

メロディはそっと微笑み、頷いた。

「ええ……思い出すのが遅くなってごめんなさい。あっ」

エクトルはメロディの腰を引き寄せ、強く抱き締めた。

「嬉しい。でも、ちょっと恥ずかしいな」

「どうして恥ずかしいんですか？」

「思いきり泣きべそをかいてただろう？　男は好きな女の子の前で、格好つけていたいものだからな」

「ふふ、ノアのことを心配して泣いていたんですもの。恥ずかしいことじゃないです。優しくて、エクトル様らしいです。私は優しいエクトル様が大好きです」

「メロディが好いてくれるなら、泣き虫でもいいかもしれないな」

お互いどちらからともなく唇を重ね、やがて深いキスになっていく。さっきまで花火に夢中だったのに、もう触れ合うことに夢中だった。

「ん……んん……ふ……んぅ……」

胸に触れられると、身体がビクッと跳ね上がる。次の刺激に期待していると、エクトルの手が胸から肩に移動し、メロディは前を向かされた。

「えっ」

「せっかく花火が上がっているのに、俺の顔ばかり見せてすまなかった」

「……っ」

花火よりも、触れてもらいたい――。

でも、気を遣ってくれているエクトルに言い出すことができず、熱くなった身体をどうしようか考えていると、後ろから彼の手が伸びてきて、豊かな膨らみを包み込まれた。

「あ……っ……エクトル様……んっ……ぁんっ……」

「これなら花火を見ながら、愛し合える」

耳元で囁かれると、くすぐったくてゾクゾクする。

「そ、外で……なんて……」

「俺たちしかいないし、下からは顔までしか見えないから大丈夫だ。というか、よほど視力がいい人でも表情まではわからないだろうな」

胸元を乱され、緩められたコルセットから豊かな胸がプルリとこぼれた。

「ぁっ」

大きな手で淫らな形に変えられた胸は、あっという間に先端を尖らせた。キュッと抓まれ、指と指の間で捏《こ》ねられると、理性がとろけてしまう。

「んんっ……ぁんっ……エクトル……様……ぁ……っ……んんっ……」

つい大きな声を出してしまったが、花火の音でかき消された。声を気にする必要はないようだ。

膣口からは蜜が溢れ、ドロワーズがぐしょぐしょに濡れていく。あまりに感じて膝が震え、立っていられなくなったメロディは窓枠に手を突いた。

花びらの間が切なくなって、誘うようにお尻が左右に揺れてしまう。

「ふふ、可愛い尻が揺れているぞ」

お尻を撫でられると、花びらの間がますます切なくなる。その手を掴んで、今すぐ秘部に持っていきたいという衝動を堪え、メロディは甘い吐息をこぼす。

「ぁんっ……エクトル様……だめです……ぁっ……そ、そんな風に撫でられたら……んんっ……あぁ……」

「こうやって撫でられていたら、こちらに触れてほしくなるか？」

ワンピースの裾から手を入れられ、ドロワーズ越しに花びらの間を撫でられた。

「ぁ……んんっ……」

「ぐしょ濡れだな。先に下着を脱がせた方がよかったか？」

ドロワーズの紐を解かれると、パサリと足元に落ちた。熱い秘部に冷たい空気が入り込んでくるとゾクゾクする。

メロディは可愛がってもらいやすいようにと、無意識のうちに足幅を広げた。

長い指が花びらを開き、間にある敏感な蕾《つぼみ》を撫で転がし始めると、待ち望んでいた甘い刺激がやってくる。

「ん……ぁっ……ぁんっ……あぁっ……あぁ……っ……んっ……！　あぁっ……！」

気持ちいい……。

あまりに気持ちよくて、もう何も考えられなくなってしまう。

達しそうになったところでエクトルは指の動きを止め、甘い蜜を零す膣口に大きくなった欲望を宛てがった。

「待ってくれ、一緒に達こう？」

「は……ぃ……一緒に……ぁっ……んんー……っ」

欲望をゆっくり奥まで埋められると、肌がゾクゾク粟立つ。

「ン……あぁ……っ」

奥に当たると達しそうになるが、唇を噛んでなんとか我慢した。

エクトル様と一緒に達したい。今日はエクトル様と初めてお出かけをした特別な日ですもの……だから、一緒に――。

「メロディ……達きそうなのを我慢してくれているんだな。嬉しい。ありがとう」

エクトルはメロディの細腰を掴むと、ゆっくりと動き始めた。

「ぁ……っ……んんっ……は……ぃ……んっ……ぁっ……んんっ……一緒に……達きた……ぃ……から……っ……ぁんっ……あぁっ！」

城のお互いの部屋以外でするのも、こんな体勢でするのは初めてで、メロディは羞恥心を感じながらも興奮していた。

ゆっくりとした動きはすぐに激しくなり、掻き出されたメロディの蜜が、いくつもの染みを床に作っていた。

「すごい……締め付けだな。もしかして……いつもより興奮してるのか？」

「んっ……ぁ……んんっ……だ、だって……こんなところ……初めて……で……ぁんっ……あぁっ……んっ……ぁんっ」

「俺もだ。ベッドで愛し合うのもいいが、たまにはこういう所で……というのもいいな。思い出にもなる」

「あ、あまり、人目に付きそうなところは……や……っ……んんっ……」

「大丈夫、わかっている。メロディの可愛い姿は、誰にも見せたくないからな。俺だけが独り占めだ」

　エクトルの独占欲が嬉しくて、心の中が満たされていく。

　メロディは何度も果てそうになるのを堪えていたが、もうそろそろ限界が来ていた。これ以上はもう、耐えられない。

「ひぅ……っ……エクトル、様……わ、私……もう、我慢……んんっ……で、できませ……っ……あんっ……あぁっ……！」

　気持ちよさと我慢の辛さで、眦からは涙がこぼれていた。

「我慢させて悪かった……もう、俺も果てそうだ……一緒に達こう……」

　自身とメロディの絶頂に向けて、エクトルが激しく突き上げてきた。

「ぁっ……ぁっ……もっ……んんっ……来ちゃう……っ……き、来ちゃ……っ……ぁっ……あぁぁ……っ！」

　エクトルが最奥で情熱を放つと同時に、メロディも絶頂に達した。我慢を重ねた先にある快感の頂点はおかしくなりそうなほどの刺激で、一瞬気を失ってしまう。

　しかし、ドンッ！　という花火の音で、意識を取り戻した。

　いけない。私、こんな所で眠っちゃ駄目よ……。

「メロディ、同時に達けたな……我慢してくれてありがとう」

「ぁ……っ」

　エクトルは埋めたままの欲望を再び動かし始めた。一度果てたのに、彼の欲望は数度擦っただけで硬さを取り戻す。

「……っ……ン……エクトル……様、今……したばかり……で……ぁんっ……あぁっ……は……んんっ……」

「一度じゃ足りない。もっとメロディが欲しいんだ……」

　後ろから耳元で囁くようにおねだりされると、どんなことでも叶《かな》えたくなる。しかし、花火を見て現状を思い出した。

「あ……っ……で、でも、これ以上したら……」

「これ以上したら？」

「……っ……身体に力が入らなくなって、か、階段をおりられなくなってしまいます……」

　のぼるのと比べて、おりるのはそこまで大変じゃないだろうにしても、力の入らない身体でこんな段数をおりるのは難しい。今ですらおりられるか自信がないぐらいなのだ。

　必死に訴えるメロディを見て、エクトルは笑いが堪えきれなくなってしまう。

「大丈夫だ。俺が抱いておりればいい」

「えっ⁉　そ、そんなこと、申し訳なくて……あっ……あぁ……っ！」

「申し訳なさなんて感じなくていい。それよりも、愛させてくれ」

再び激しく突き上げられ、メロディは愛する人から与えられる素晴らしい快感に翻弄され、抵抗できるわけもなく甘い嬌声をあげた。

一度どころか、二度、三度、花火が終わった後も求められたメロディが、自力で階段をおりられたか――というのは、言うまでもないことだろう。

エピローグ　夢が叶った日

「ねえ、お父様、お母様、寝る前にご本を読んで？」

メロディとエクトルの夜の日課は、彼との間に生まれた愛娘《まなむすめ》アニエスに本を読んであげることだった。

結婚してからもなかなか子に恵まれず、ようやくできた大切な子だ。

アニエスはエクトル譲りの金髪に、メロディと同じ深い森のような緑の瞳をしていた。顔立ちはエクトルに似ていて、幼い頃の彼そっくりだ。

長らく恵まれなかったのが嘘のように、メロディのお腹の中には第二子が宿っていて、現在は安定期を迎えている。

「ああ、もちろんだ」

「何のご本がいい？」

「『世界で一番幸せな女の子』がいい！」

幼い頃のメロディと同じく、アニエスも『世界で一番幸せな女の子』が大好きだった。毎晩読んでほしいとせがむのは、この本ばかり。

「わかったわ。じゃあ、読みましょうね」

メロディとエクトルもベッドに入り、アニエスを挟んで座る。

「今日はどちらに読んでほしい？」

メロディの質問に、アニエスは少し悩んで「お父様！」と答えた。

「じゃあ、お父様が読んであげよう。この世界のどこかに、ある一人の女の子がいました。女の子はお父さんとお母さんにたくさん愛情を注がれ、幸せに過ごしていました」

何度も読んで聞かせた話なのに、アニエスは初めて見るように目を輝かせている。そんな彼女が可愛くて、メロディは彼女の頭を優しく撫でた。

「悲しいことや辛いことがあった日は、お父さんとお母さんが優しく抱きしめてくれました。楽しいこと、嬉しいことがあった日には、お父さんとお母さんが一緒に喜んでくれました。女の子は毎日が幸せで、幸せじゃない日もお父さんとお母さんが話を聞いてくれて、抱きしめてもらえれば幸せな気分で眠ることができました」

母との思い出とエクトルの愛が詰まった絵本、アニエスが気に入ってくれていることで、さらに大切になった。

「時には喧嘩をしてしまうこともありましたが、女の子はお父さんとお母さんが大好きでした。お父さんとお母さんから愛情を貰い、女の子は美しく、笑顔が素敵な大人に成長し、とある男の人と出会いました」

ブランケットの上に置いた手を、エクトルがギュッと握ってくれる。

「彼と過ごしていくうちに、女の子は彼を好きになりました。とても優しく、穏やかで、一緒にいると幸せな気持ちになれるのです。そして彼も女の子を好きになりました。彼は女の子のお父さんとお母さんとも仲良くなり、二人は結婚することになりました」

「いつも思うんだけど、この女の子と男の人、お母様とお父様に似てる」

「え、そう？　髪と目の色が違うけれど……」

「お顔が似てるよ」

自分では気付かないし、そうは感じない。でも、アニエスにそう言ってもらえるのは嬉しい。

「彼との生活はとても楽しく、穏やかで、幸せで、二人はいつも笑っていました。やがて二人の間には新しい家族が増えて、女の子はますます幸せになりました。歳を一つ重ねるたびに素敵なことが増えて、女の子はどんどん幸せになっていきます。もちろん、幸せなことばかり起きるわけではありません。辛いことや悲しいこともあります。でも、大切な家族が傍にいてくれるから、乗り越えていけるのです。こうして女の子は、世界一幸せになったのでした……おしまい。アニエス、キミもこの女の子みたいに幸せになれるよ。お父様とお母様が付いているからな」

「そうよ。ずっと一緒に居るわ」

二人はそれぞれ、柔らかな頬にキスをする。

「うんっ！　ねえ、お母様もこの女の子みたいに幸せだった？」

アニエスに尋ねられ、メロディはにっこり微笑む。

「……………ずっと幸せだったわけではなかったの。悲しくて、毎日一人で泣いていた時もあったわ。でも、お父様に出会って、あなたが生まれて、あなたの弟か妹になる子がこのお腹の中に居て、今はとても幸せよ。世界で一番幸せ」

「お母様も世界で一番幸せな女の子ね。私の弟か妹も、私が世界で一番幸せにしてあげる」

アニエスはメロディの大きくなったお腹に耳を当て、小さな手で優しく撫でた。

「ええ、そうね。ずっとこの女の子みたいになりたかった。夢って叶うのね」

「お母様、お父様、だぁいすき」

アニエスはお腹に耳を当てたまま眠ってしまい、スヤスヤと小さな寝息を立てる。メロディとエクトルは二人で顔を見合わせ、小さく笑う。

「私も大好きよ。アニエス」

「大好きだよ。アニエス」

二人は順番にアニエスの額にキスを落とし、お互いの唇を重ねる。

「……今日は夫婦の寝室に戻るんじゃなくて、ここで寝ようか」

「ふふ、私も一緒に寝たいと思っていたの。今日は三人で……いいえ、四人で寝ましょう」

温かなベッドの中、メロディはそっと目を瞑った。


夢は、本当に叶うのね――……。

番外編

婚約披露パーティーの夜

エクトルと初めての建国記念日を終えた二か月後、エクトルとメロディの婚約を祝するパーティーが行われることになっていた。

本来婚約式を行う日取りがモリエール伯爵家の事件でずれてしまい、建国記念日もあったのでこの時期まで延びたのだ。

今のメロディの名は、メロディ・プティ……モリエール伯爵家は爵位を取り上げられたため、メロディはダンスの授業の教師を務めたアデルの家——プティ公爵家の養女となった。

今までブローチに選ばれた人間は、貴族ばかりではない。一般市民もいたので貴族でなくとも問題はないが、貴族の方が何かと面倒ごとから避けられるだろうからと、プティ公爵夫妻がぜひにと提案してくれたのだ。

その申し出はメロディにとって、とても嬉しいものだった。ダンスの授業を通してアデルの人柄に触れ、彼女のことがとても好きになっていたからだ。

でも、メロディの父と義母は、犯罪者だ。彼女はプティ公爵邸へ向かい、直接断ることにした。

プティ公爵はとても優しそうな紳士で、アデルと雰囲気がとても似ていた。長年連れ添った夫婦は似てくると聞いたことがあるが、こういうことなのだろうか。

アデルに向ける表情、仕草、全てに愛を感じる。アデルはダンスで有名だったが、プティ公爵は愛妻家として有名だ。

私の父とは違って、アデル様だけを見ていらっしゃるのね……。

『プティ公爵、アデル様、私を気遣ってくださって嬉しいです。ですが、このお話はお断りさせてください』

『理由をお聞きしてもよろしいですか？』

「私はエクトル様と結婚して王子妃という立場にはなりますが、父と義母は犯罪者です。そのことでプティ公爵家にご迷惑をおかけしてしまうかもしれません。ですから、この申し出は……」

プティ公爵は、首を左右に振ってにっこりと笑った。

『メロディ嬢、私とあなたに実は繋がりがあるのはご存知ですか？』

『え？　いいえ、存じ上げません』

繋がり？　プティ公爵と私が？

『私の先祖は、あなたのお母様のご先祖様に助けていただいたことがあるのです』

『え……っ』

初耳だ。無理もない。母はすでに亡くなっているし、ダミアンは知っていても、教えてくれるはずがないのだから。

『当時私の先祖は無実の罪を着せられ、困っていたところをあなたのお母様のご先祖様だけが信じ、助けてくださったことで無実を証明することができ、爵位を取り上げられずに済みました。プティ公爵家があるのは、あなたのご先祖様のおかげなのですよ』

『そんなことが……』

『そのおかげでわたくしも主人と出会い、結婚することができたのです。メロディ様は、わたくしの恩人でもあるのですわ』

不思議な縁だ。ダンスの教師を引き受けてくれたのも、こういった理由があったのだろうか。

こうしてメロディは、プティ公爵家の養女として迎えられたのだ。

ご先祖様同士に繋がりがあるなんて……人の縁というものは不思議で、そしてとても温かいものなのね。

「メロディ様、お支度が調いました」

ファニーに声をかけられ、メロディはハッと我に返った。

「ありがとう」

鏡越しにファニーと目を合わせ、メロディはそっと微笑む。

銀色の髪は緩やかに巻いてあり、半分を結い上げてダイヤの付いた髪飾りで華やかに飾られている。

耳にはダイヤと真珠のイヤリング、首はイヤリングと揃いのデザインで作られたネックレスで彩った。レースの手袋をした左手の薬指には、エクトルから貰った婚約指輪が輝いている。

青いドレスはエクトルとお揃いの生地を使っている。仕立て屋を何度も呼び、彼と一緒にデザインした思い入れのあるものだ。

建国記念日のパーティーには、婚約式を挙げる前だったがエクトルの婚約者として出席した。しかし今日は婚約式を終えて、正式に彼の婚約者として紹介される初めてのパーティーだ。

き、緊張するわ……。

胃が痛くて、思わず押さえてしまう。

「緊張なさっていますか？」

「え、ええ……」

「メロディ様なら大丈夫ですよ」

「そうだといいのだけど……」

ファニーに慰められていると、扉をノックする音が聞こえた。

「どうぞ」

入って来たのは、エクトルだった。

メロディとお揃いの生地を使ったスーツを着た彼は、眩いほどに美しい。精緻な刺繍《ししゅう》で縫い付けられたクラヴァットには、例のブローチが飾られている。

「ああ、メロディ……なんて美しいんだ。今日の来客はみんなキミの虜《とりこ》になること間違いなしだ」

「エクトル様の方がずっとお美しいです」

「メロディ、緊張しなくても大丈夫だ。俺が隣にいるのだから」

大きな手で頬を包み込まれると、手袋越しでもエクトルの温《ぬく》もりが伝わってくる。

「ありがとうございます。しっかりしないと、陛下と王妃様にも心配をかけてしまいますね」

「俺の両親？　気を遣わないでいい」

エクトルの両親であるランタナ国王夫妻とは、早いうちに顔合わせを済ませていた。メロディが令嬢教育を受け始めて間もなくの頃だ。

エクトルの面影がある二人を目の前にし、メロディは緊張しながらも、この二人に好意を抱いていた。

事前に両親がどんな人柄なのかエクトルに尋ねた時、とても素晴らしい人たちだと幼い頃の話を交えて聞いていたからだ。

拙いメロディの挨拶に、二人とも呆れることなく優しく微笑んでくれた。そして「どうか息子を支えてあげてくれ」と温かい言葉をかけてくれた。

国王夫妻は多忙で、次に会ったのは建国記念日のパーティー、そして次は婚約式だ。

初めての顔合わせも十分程度だったし、長い時間話せたことはない。でも、とても優しい人たちだということは、短い時間でも十分わかる。

大好きな人の両親だ。好いてもらいたい。気に入られたい。心配をかけたくない。

そのために今日のパーティーは……ううん、社交界に出る時は、絶対に失態をおかすわけにはいかない。国王夫妻が出席していない時だって、失敗をすれば人づてに耳に届くだろう。

緊張をすると身体が強張って、変な失敗をしてしまうかもしれない。できるだけ緊張しないように……と意識しても、なかなか上手くいかない。

せめて周りに気付かれないように振る舞おうとしても、エクトルにも、ファニーにも気付かれてしまっている始末だ。

八年――使用人として暮らして令嬢教育を受けていなかった期間の遅れは、あまりにも大きかった。

この数か月必死に勉強し、教師たちのおかげで「どこに出ても恥ずかしくない完璧な令嬢です」と言ってもらえるほどにまで成長することができた。

でも、それは本当だろうか。

信頼しているし、嘘を吐く人たちではない。でも、気を遣って優しいことを言ってくれているという可能性もある。

ああ、考え出したら止まらないわ。どうして私って後ろ向きなことばかり考えてしまうのかしら！

「緊張をほぐす魔法をかけてやろうか」

「え？　あっ」

エクトルが顔を近付けてくるのがわかった。メロディはこのまま目を閉じたいと思いながらも、彼の唇を手で押さえた。

「だ、駄目です。口紅が付いてしまいますし、ファニーが……」

ちらりとファニーの方に視線を向けると、すでに彼女は気を遣って背中を向けていた。

「メロディ様、口紅のことはお気になさらず。塗り直す時間もございますし、エクトル様の唇に付いたものは拭けばよいのですから」

「拭くのは勿体《もったい》ないから舐め取る」

「もう、エクトル様……」

見ていないとしても、誰かが傍にいるのにキスなんて恥ずかしい。

でも、求められたら、止められない。再び唇を重ねようとしたその時、扉をノックする音が聞こえ、慌てて離れた。

「……っ……ど、どうぞ」

どなたかしら？

「やあ、準備は終わっているようだね」

「失礼するわね」

入って来たのは、国王夫妻だった。

「陛下、王妃様！　ど、どうなさいましたか？」

私、何かしてしまったかしら？

「どうしたんですか？　父上、母上」

「メロディ嬢が、緊張していないか心配でな」

「少しお話をして、緊張をほぐせたらと思ったのよ」

「え……」

お二人とも、私を心配してくださって……？

「エクトル、あなたも一緒に居たのね」

「ええ、空いている時間は、全てメロディと一緒に居たいので」

エクトルは両親に見られていることを気にする様子はなく、メロディの腰を抱いていた。

「今から俺もメロディの緊張を解してあげようとしてたところだったんです」

「エ、エクトル様……っ！」

黙っていればキスで緊張を解そうとしたことに気付かれるはずがないのに、メロディの反応を見て国王夫妻は大体の意味を察した。しかしエクトルは全く動じない。

「うふふ、お邪魔してしまったみたいね。ごめんなさい」

「いえ！　そんな！　とんでもございません。お気遣い頂き、ありがとうございます。嬉しいです。陛下と王妃様の期待を裏切らないように頑張ります」

王妃は柔らかく微笑むと、メロディの手を握った。

「メロディさん、そんなことは気にしなくていいのよ」

「え？」

「あっ！　誤解しないでね。私たちがあなたに期待していないということではなく、期待しているけれど、失敗したっていいのよ」

「王妃様……」

「メロディ嬢が厳しい環境下で育ち、受けられなかった令嬢としての知識やマナーを必死に身に着けようと頑張っている話は、各教師や息子、そして周りで見ていた使用人たちからも聞いている。そなたが参加したお茶会を主催した夫人たちからも評判だ。この前の建国記念パーティーの振る舞いを見て、私たちも本当に素晴らしいと思ったよ。なあ、王妃」

「はい、陛下。メロディさんはとても輝いていましたわ。もう、目が離せないくらいに。あの会場に居た方々はみんなそうだったでしょうね」

エクトルは声を出さず、その通りだと言うようにうんうん頷く。

「でも、あなたがそういった場に出る時、いつも胃が痛くなるほど緊張していると聞いてね。もしかしたら精神的に追い詰められているんじゃないかしら……って。それで力になれたらと思ったのよ」

お二人の気持ちが、とても温かい――。

「……私は長い間令嬢教育を受けられず、犯罪者の父と義母を持ち、エクトル様の隣に相応《ふさわ》しい人間だとはお世辞にも言えない人間です。ブローチに選ばれなければ、とてもエクトル様のお傍にはいられなかったと思います。……っ……でも、私は、エクトル様を心から愛しています。エクトル様を産み育てた国王ご夫妻も好きです。できれば、好かれたいと思っているんです。周りからもエクトル様の隣に立つに相応しい人間だと思われたい。だから完璧な令嬢として振る舞わなくては……と思って。でも、失敗した時のことを考えたら、とても緊張してしまって……」

「息子を好いてくれてありがとう。そして、私たちもそなたが好きだ。実の娘だと思っているよ。そなたが完璧でなくとも、どんな失敗をしようとも、その気持ちは変わらない。それが家族というものだろう？」

あ――……。

昔の記憶が、また一つ蘇《よみがえ》る。

メロディが母の大切にしていたオルゴールを誤って壊してしまった時のことだ。

『お母様、ごめんなさい……私のこと嫌いになった？　ごめんなさい……』

『そんなことないわ。メロディがどんなことをしても、お母様はあなたを嫌いになったりなんてしない。だってあなたは私の大切な娘ですもの』

その言葉がとても温かくて、優しくて、嬉しかった。

また、そんな風に言ってくれる家族ができるなんて――。

「はい……私もどんなことがあろうとも変わりません。お義父《とう》様、お義母《かあ》様……」

初めてそう呼ぶと、二人はまた優しく微笑んでくれた。大好きな人の面影を感じるこの笑顔が好きだ。

「さあ、そろそろパーティーが始まる。行こうか」

「はい……っ！」

さっきまで胸につかえていた何かがなくなり、緊張はすっかり解《ほぐ》れていた。

エクトルと一緒に並んで国王夫妻の後ろを歩いていると、彼に名前を呼ばれた。

「はい？　んっ」

エクトルの方を向くとチュッと唇を奪われ、メロディの頬が林檎のように赤く染まる。

「エ、エクトル様……」

「俺もメロディが大好きだ。今日は楽しもう」

「はい、エクトル様」

「エクトル、唇に付いた口紅はしっかり取っておけよ？」

お、お気付きになっていたのね！

「父上、こういう時は知らないふりをしてください」

「チュッて聞こえてしまったんだから仕方がないだろう。チュッて」

「何回も言わないでください」

メロディは恥ずかしさのあまり顔を赤くしながらも、二人のやり取りを聞いているうちに思わず笑ってしまった。

緊張が解れたおかげで、メロディは今日のパーティーを失敗することなく終えることができたのだった。

◇◆◇

婚約披露パーティーを終えたエクトルは、バスタブに張られたお湯に身を沈ませ、今日の輝いていたメロディの姿を思い返していた。

あの場に居た人間は、全員、間違いなくメロディに見惚れていた。もちろん、エクトルもその一人だ。

彼女の振る舞いや表情はとても優雅で、ダンスは妖精が舞うように美しく、今回と建国記念のパーティーの二回しか披露していないのに、かつてのアデル以上だと評判になっていた。

八年間令嬢としての勉強を受けられなかったメロディは血のにじむような努力をし、その大きな空白をわずかな時間で埋め、羨望の眼差《まなざ》しを向けられる令嬢となったのだ。

自分のために頑張ってくれた彼女に、申し訳なさを感じる。自分が王子でなければ、ここまでの苦労はかけなかっただろう。

でも、それ以上に喜びを感じていた。

メロディ、頑張ってくれてありがとう。絶対に幸せにする。今までの辛い思い出が霞《かす》んでしまうほどに、絶対……！

彼女のことを考えていたら、もうすぐに会いたくなってしまう。

エクトルはさっさとお湯から上がって全身を洗い、彼女の部屋へ向かった。

婚約期間はまだ同じ寝室を作ることができないが、二人は毎夜お互いの部屋で愛し合い、眠っている。

「メ……」

メロディの名前を呼ぼうとして、口を噤《つぐ》んだ。彼女は気持ちよさそうにスゥスゥ寝息をたて、眠っていた。

無理もない。婚約式とパーティーがあってずっと気が張っていて疲れていたのだ。眠るつもりはなかったようで、ブランケットはかかっていない。

「メロディ、よく頑張ったな」

肩までブランケットをかけてやり、額にチュッと口付けを落とす。

自分も今日は早く寝ようと思うが、無防備に眠る愛らしいメロディの顔から目を離せなくて、つい眺めてしまう。

「……っ……ン……」

どれくらい経っただろうか、メロディの表情が変わった。怖い夢でも見ているんだろうかと思ったが、頬が赤くて艶《なま》めかしい表情をしている。

これは、もしかして……。

ブランケットをめくると、胸の先端がツンと尖ってナイトドレスを押し上げているのが見え、あっという間に下半身が熱くなるのを感じた。

そうか、眠っている時も疼くのか。

「ん……ぁ…………んん……」

メロディは眠りながらも悶《もだ》え、膝をこすり合わせていた。裾がめくり上がり、白い太腿が見える。

起こして交わった方がいいだろうか、だが、せっかく眠っているのに可哀相ではないか。しかし、疼いている方が可哀相なのではないだろうか。自分としてはものすごくしたいが、でも――。

「ぁん……エクトル様……もっと……」

心の中で様々な葛藤をしていたが、メロディの寝言を聞いてもう我慢できなくなった。夢の中で自分としていると知って嬉しくなってしまう。

夢の中でも俺を求めてくれているなんて……。

エクトルは愛らしい赤い唇を深く奪い、小さな舌を舐めた。

「んん……っ」

夢を見ているものの眠りは深いようで、キスをしても起きる様子はない。

眠ったまま抱けば、メロディは十分な睡眠も取れるし、疼きも治まることだろうと思って触れ始めたが、本人の同意なく触れることに背徳感を覚え、それがまた興奮のスパイスとなっていた。

ナイトドレスの胸元のリボンを解くと、豊かな胸がプルリと零れた。淡い色をした先端は誘うようにツンと尖っている。ランプの光に照らされたミルク色の胸はとても艶めかしくて、エクトルは思わず生唾を呑んだ。

両手で触れると柔らかくも張りがあって、吸い付くような感触がする。触り心地がよくてずっと揉んでいたくなる。胸の間に顔を埋めると、メロディの甘い香りがした。エクトルの大好きな香りだ。

「ぁ……んん……」

メロディの息が乱れ、尖りを指先で擦るとまた愛らしい唇から甘い声を零す。

ああ……堪らない。

自身の欲望はすでに痛みを感じるほど昂《たかぶ》っていて、先走りまで溢れていた。

淡い色の先端を口に含んで舐め転がしたり吸ったりを繰り返すと、メロディが一際甘い声をあげ、身体をビクビク震わせる。

「は……んん……っ……ぁ……んっ……」

かなり強めに刺激を与えても、メロディは起きる様子がなかった。

起きたら、どんな反応をするだろう。

怒るだろうか、いや、メロディは優しいから、怒りはしないだろうな。戸惑う？ 恥じらう？ ああ、どんな想像をしても興奮してしまう。俺は変態なのだろうか。

「ぁ……ふ……んん……ぁ……はぁ……ん……」

胸や先端の感触を楽しんでいると、メロディが艶めかしい吐息と喘ぎ声をあげながら、足を擦り合わせていた。

きっと、濡れているのだろう。

太腿まで上がった裾をさらにめくりあげ、ドロワーズをずり下ろした。

メロディの足を開かせるこの時、子供時代、誕生日や記念日に貰ったプレゼントを開封する時に似たときめきを感じていた。

少し足を開かせただけで、クチュッと水音が聞こえた。濡れてくれていることに喜びと興奮を感じながら、さらに開かせると秘部が露わになる。

興奮で赤くなった秘部はたっぷりと濡れ、蕾は誘うように膨らみ、膣口はヒクヒクと収縮を繰り返して甘い蜜を溢れさせていた。

ああ……もう、堪らない……。

膨らんだ蕾を唇で挟み込み、しゃぶりついた。キャンディを味わうように舌を動かすと、メロディの反応がより強くなる。

彼女の蜜はまるで媚薬《びやく》のようだ。舐めていると興奮で頭がおかしくなりそうになる。

濡れた膣口に中指を入れると、中がキュッと締まった。

メロディの好きな場所は知っている。第二関節まで入れたところで指を曲げると、彼女が一際大きな嬌声を上げ、中が強く収縮した。話せなくても、中の感触でわかる。彼女は絶頂に達したのだ。

ふふ、眠っていても達けるのか。

「はぁ……はぁ……えっ……？　エクトル……様？」

顔を上げると、メロディが目を開けていた。目はトロンとして、頬が赤くなっていてとても扇情的であり、愛らしくもある。

「あ……こ、これも……夢……？」

「いや、夢じゃない。勝手に触れてすまなかった。眠りながら、疼いているみたいだったから」

「え……っ……あ……私、眠ってしまったのですね……エクトル様がお帰りになるまで起きているつもりだったのに……ぁんっ」

話している最中に指を動かすと、メロディが甘い喘ぎを零す。

「メロディ、どんな夢を見ていたんだ？」

メロディがどんな夢を見ていたのかはなんとなくわかる。でも、わざと聞いてみる。もちろん、彼女の恥ずかしがった顔が見たいからだ。

「……っ！　そ、それは……ぁん……っ」

指を引き抜いたエクトルは膨れ上がった欲望を取り出し、メロディの花びらの間に擦りつけた。

先端に蕾が当たるたびに快感が走り、息を乱した。

「ん……俺とする夢を見ていた？」

「え……っ！　んんっ……どうして……わかるんですか……？」

やっぱり自分の夢を見てくれていたんだと思ったら、嬉しくなってしまう。

「俺の名前……呼んでくれていたからな……」

「……っ」

そう答えると、羞恥心を堪えられなくなったメロディが、両手で真っ赤になった顔を隠した。

ああ、可愛い。もう、少しも我慢できない。

エクトルは花びらの間に擦りつけるのをやめ、欲望をゆっくりと膣道の中に埋めていく。

「ぁ……あぁぁ……っ」

激しく締め付けられ、強い快感が訪れるのと共に肌がゾクゾク粟立つ。ふっくらと膨らんだ膣壁が、彼の欲望を歓迎するように絡みつく。

メロディは自身の顔から手を離し、エクトルの背中に手を回した。突き上げるたびに豊かな胸が上下に激しく揺れ、余計に興奮が煽られる。

「どんな夢だった？　夢の中の俺は、どんなことをしていたんだ？」

奥まで欲望を埋めたエクトルは、腰を動かしながらメロディに質問する。

「ん……ぁっ……い、いつも……みたいに……触って……んっ……くださ……って……ぁんっ！　あぁ……っ」

「いつもみたいにって、どこを、どうして？」

「……っ……胸に……触れて……」

「どんな風に？」

「揉んで……いただいた……り……っ……ぁんっ……その、ち、乳首を……指とお口で……弄って……んんっ……ぁっ……あぁ……っ」

メロディはこの城に来るまで性教育を受けていなくて、初めて交わった時には、恥じらわずに過激なことを口にしていた。

それはそれでものすごく興奮したが、恥じらわれるのも興奮する。つまり、彼女の全てに欲情してしまうのだ。

「それから、何をされたんだ？」

「……っ……あ、足の……間を……な、舐め……舐めてくださって……」

「ここを舐められたのか？」

指で敏感な粒を撫でると、中が強く締まる。メロディはビクビクと身体を引き攣らせ、大きな嬌声をあげた。

「ひぁんっ！　ぁ……そ……そこ……です……んっ……ぁっ……あぁっ……」

「実際に舐めてたから、夢の中と繋がったのかもしれないな。眠りながら感じてるメロディ、すごく可愛かった」

「や……んんっ……は、恥ずかし……ぁ……っ……あぁ……っ」

ああ、なんて可愛いんだ……。

もっと質問をして反応が見たいのに、愛らしい唇が恋しくて仕方がない。エクトルはメロディの唇を深く奪い、舌を絡ませながら突き上げた。

「んん……ふ……ん……ぅ……ふ……」

メロディも積極的に小さな舌を絡ませてくれるのが嬉しくて、ゾクゾクする。清楚なメロディがこんなにも乱れてくれることを他の人間は誰も知らない。

独占欲と支配欲と興奮で頭の中がグチャグチャになり、それがとても心地よかった。

絶頂が近付いてくるのを感じ、なんとかそれを遠くに押しとどめる。できるだけ長くメロディの中に入っていたい。

だが、彼女の中は余りにも素晴らしくて、彼女の一挙一動すべてがエクトルの興奮を誘い、もう押しとどめておくことはできなかった。

――ああ……もう、果ててしまいそうだ。

「……ン……エクトル様……はぁ……んんっ……ぁんっ……あぁ……っ」

メロディに呼ばれると、自分の名前がとても特別に感じる。

エクトルはメロディの中に欲望を激しく擦りつけた。すると彼女の中が強く収縮を繰り返し、彼女もまた絶頂が近いのだと気付く。

もう果てそうだ。けれど、メロディが達してからにしたい。エクトルはおかしくなりそうなほどの快楽に身を任せたいと思いながらも、必死に抗った。

「あ……っ……んん……っ……エクトル……さ、ま、私……もう……あぁ……っ！」

メロディは背中を弓のようにしならせ、ビクビクと震えながら絶頂に達した。膣壁が激しく収縮を繰り返し、エクトルの欲望を強く締め付ける。

「あぁ……俺も……もう……あぁ……」

エクトルは一際激しく欲望を擦りつけ、最奥に押し込んで情熱を放った。

ドク、ドク、と脈打ちながら、ものすごい量の子種を彼女の中に出しているのがわかる。毎日愛し合っているのに、こんなにも出るなんて自分でも驚いてしまう。

「一緒に達けたな」

「は……ぃ……ん……」

メロディの唇に何度も軽いキスをし、果ててもまだ萎えない自身を引き抜いて彼女の隣に寝転んだ。

正直もう一度求めたいが、疲れているメロディに無理はさせたくない。

一度出したことで頭がだんだん冷静になってきた。

……眠っている女性を合意なく襲うなんて、嫌われてもおかしくないのでは？

冷や汗が出てくる。メロディに嫌われたら、生きていけない。

「メロディ、あの……寝ている時に触ってすまない。嫌だった……か？」

恐る恐る尋ねると、メロディは身体を摺《す》り寄せてきた。肌がスベスベしていて触れると気持

ちがいい。

「いいえ、エクトル様に触れていただけるのは嬉しいです」

意外な答えが返ってきて、エクトルは達したばかりでとろけた目を丸くした。

「本当に？」

「意識がない中見られるのは、少し……いえ、かなり恥ずかしいのですけど。それに今日は私が疼いていたから、治めてくれようとしたのですよね？　ありがとうございます。エクトル様は本当にお優しいわ」

確かにそうなのだけれど、眠っているメロディに触れてかなり興奮していたので罪悪感を覚える。

「優しいのはメロディの方だ」

「え？　どうしてですか？」

「何かしてほしいことはないか？　欲しいものとか、なんでもいいから」

「ええ？　急にどうなさったんですか？」

「メロディが大好きだから、喜ばせたいんだ」

クスクス笑うメロディが愛おしくて、エクトルは彼女をギュッと強く抱きしめる。

「ふふ、じゃあ、ずっとこうしていてください。エクトル様が傍に居てくださることが、私の一番喜ぶことです」

余りにも可愛くて、胸がギュゥッと苦しくなるほどだった。

「ああ……もう、あまり可愛いことを言われると、もう一度抱きたくなってしまう……我慢しているんだから、誘惑しないでくれ」

「えっ！　そうだったんですか？　我慢なさらなくてもいいのに……」

メロディが身体を擦りつけてくると、今出したばかりにも関わらず、下半身が痛いぐらいに硬くなってしまう。

「……っ……疲れているだろうから、負担をかけたくないと思ったんだが……」

「そんなことありません。エクトル様と愛し合えるのは、疲れるどころか、むしろ疲れが取れるんですよ？」

「また、キミはそんな可愛いことを言って……」

こんなことを言ってもらえたら、もう堪えられるはずがない。二人は何度も求め合い、さらなる愛を深めたのだった。

あとがき

こんにちは、七福さゆりです。このたびは「不遇な伯爵令嬢は雨の日に運命と出会い溺愛される」をお手に取ってくださり、ありがとうございました！　お楽しみいただけましたでしょうか？

こちらの作品は最近の私の作品では珍しく、主人公が可哀相な目にあう少々暗めの作品で、私は思いきり明るいか、思いきり暗いかのどちらかの作品を書くのが好き&得意なので（中間なのが一番苦手です！）大変楽しく執筆させていただくことができました。

メロディには可哀相な想いをさせてしまいましたが、この先の人生はエクトルの隣で子供たちや犬たちに囲まれ、幸せな一生を過ごしますのでご安心ください！

最初はメロディの家族を全員死刑にしようと思ったのですが、生きている方が辛いこともあるよね？　ということで、死んだ方がマシ！　と思うようなこちらの展開にさせていただきました。

魔法のブローチの設定が気に入っているので、いつかまた二人の子孫を主人公にした続編とか書いてみたいですね～。魔法のブローチに選ばれた婚約者がいるけど、別の人を好きになって……なんていうのもいいなぁって思ったり。妄想するのって楽しいですね！

イラストを担当してくださったのはＫＲＮ先生です！　ＫＲＮ先生、素敵なイラストをありがとうございました！

そして、原稿の仕上がりが遅くなってしまって申し訳ございませんでした……！　ご迷惑をおかけしたにも関わらず、とても素晴らしいイラストを描いていただけて、本当に感謝の気持ちでいっぱいです！　ありがとうございます！

そして担当Ｎ様、いつもご迷惑をかけてしまってすみません。支えてくださってありがとうございます……！

最後に近況をおしゃべりさせてください。私、最近髪の毛をやや派手な色に挑戦しております！　今は毛先だけ赤に近いピンクです。

実は私、昔からなのですが、見た目や喋り方や声のトーンで初対面の人に下に見られ、嫌なことを言われることが多く！

特にタクシーに乗ると、運転手さんから高確率で嫌なことを言われるので（もちろん一部です！　すごく良くしてくださる運転手さんもいます！）怖い！　もう出かけるの嫌！　どうしたらいいの!?　と悩んでネットで検索したら、派手髪にするといいと書いてありまして！

もう藁にも縋る思いで挑戦してみたら……なんと！　嫌なことを言われることがなくなりま

した

ただ色が違うだけで！　こんな変わる⁉　ってぐらい変わって、大変生きやすくなりました～！　ビックリ！　もっと早くに挑戦すればよかったです！

ただ、ブリーチをしてから色を入れるので、髪は普通に染めるよりは痛みますね！　でも、痛んでもいいぐらい快適な生活です！

あと、友達にもどうしたら下に見られずに済むか相談したら「サングラスをかけるといいんじゃない⁉」とアドバイスしてくれたので、サングラスも入手予定です！　サングラスかけたことないのでワクワクします！　夜にかけても歩けるものなんでしょうか？　転ばないことをどうか祈っていてください（笑）

ということで、あっという間に埋まってしまいました。

また、本を出していただけるように一生懸命頑張りますので、見かけた際にはお手に取っていただけましたら嬉しいです。それでは、ありがとうございました！　七福さゆりでした。

七福さゆり

蜜猫 Mitsuneko Label

蜜猫文庫をお買い上げいただきありがとうございます。
この作品を読んでのご意見・ご感想をお聞かせください。
あて先は下記の通りです。

〒102-0075 東京都千代田区三番町 8 番地 1 三番町東急ビル 6F
(株)竹書房　蜜猫文庫編集部
七福さゆり先生 /KRN 先生

不遇な伯爵令嬢は雨の日に運命と出会い溺愛される

2023 年 4 月 28 日　初版第 1 刷発行

著　者　七福さゆり

発行者　後藤明信
発行所　株式会社竹書房
〒102-0075 東京都千代田区三番町 8 番地 1 三番町東急ビル 6F
email : info@takeshobo.co.jp
デザイン　antenna
印刷所　中央精版印刷株式会社

私をふったはずの美貌の伯爵と政略結婚
山野辺りり
Illustration ことね壱花
…からのナゼか溺愛新婚生活始まりました
僕といる時には、余所見をするなと教えたじゃないか。
子爵令嬢のリュシーは美麗で優しい伯爵家の次男フェリクスに恋をした。勇気を出し告白するも手酷くふられてしまう。しかしその数年後、政略結婚の相手として彼が選ばれてしまった。きっと、愛のない夫婦になるのだと諦めていたのだが「一生、君を大切にする。二度と傷つけはしない」結婚式での情熱的なキスから始まり、彼の愛の言葉と溺愛ぶりに戸惑う日々。次第に騙されてもいいから彼と本物の夫婦になりたいと思い始めて!?